YU DAFU

RIVIÈRE D'AUTOMNE

ET AUTRES NOUVELLES

Traduites du chinois et présentées
par Stéphane Lévêque

Éditions Picquier

Collection dirigée par Jacques Cotin

Quand ils se découvrirent nus, ils pénétrèrent dans le Pavillon.
Là, curieux, leurs corps déclinèrent les figures de l'amour.

Titres originaux : *Ta shi yige ruo nüzi* (Une femme sans volonté), 1932 ; *Guoqu* (Le Passé), 1927 ; *Qiu he* (Rivière d'automne), 1923

Mas de Vert
B.P. 20150
13631 Arles cedex
www.editions-picquier.com

Illustrations intérieures : D.R.

Mise en page : IGS

Conception graphique : Picquier & Protière

ISBN : 978-2-8097-1622-1
ISSN : 1251-6007

TABLE

RIVIÈRE D'AUTOMNE

ET AUTRES NOUVELLES

INTRODUCTION

En 1911, la Chine impériale est exsangue, les annexions de son territoire par les puissances occidentales sont multiples, et la dynastie moribonde des Qing laisse place à une république parlementaire le 1er janvier 1912. Dès 1914, la république est confisquée par le régime dictatorial du président Yuan Shikai, qui meurt en 1916 ; la Chine sombre alors dans l'une des plus sombres périodes de son histoire, celle des seigneurs de la guerre. Ces chefs militaires, pour la plupart anciens lieutenants de Yuan Shikai, se disputent l'héritage du pouvoir et administrent à leur guise les provinces qu'ils dirigent. Leurs ambitions rivales vont les diviser en factions et favoriser, pendant de longues années, guerres et pillages dans une Chine fractionnée. Le parti communiste chinois, fondé en 1921, va allier un temps ses forces avec le parti nationaliste (Guomindang) de Tchiang Kai-shek pour combattre les seigneurs de la guerre. Mais cette alliance finit dans le sang en 1927 à Shanghai, lorsque le Guomindang rompt avec le parti communiste et fonde à Nankin son gouvernement.

Yu Dafu, né en 1896, inscrit donc son œuvre littéraire dans ce contexte social et politique particulièrement troublé, d'autant qu'aux événements de politique intérieure s'ajoute, en 1931, la présence des troupes japonaises en Mandchourie, prélude à l'invasion de 1937. S'il fallait résumer sur le plan historique les années où Yu Dafu publie, il faudrait parler de situation de guerre civile et de confusion[1].

Yu Dafu participe de la première génération d'écrivains chinois ayant publié dans une langue accessible à tous, la langue parlée ou vernaculaire, le baihua. L'abandon progressif de la langue littéraire écrite et raffinée des lettrés, le wenyan, était déjà entamé depuis la fin du XIXe siècle. La maîtrise du wenyan, qui se caractérisait par une extrême concision de la syntaxe, nécessitait de longues années d'étude et de pratique. La littérature populaire comme celle d'inspiration bouddhique, le théâtre, les romans et nouvelles étaient exclus de cette écriture en wenyan et, à ce titre, méprisés. Mais, en 1905, la fin symbolique des examens impériaux ouvrant la carrière mandarinale annonça la disparition du règne presque sans partage de cette langue classique qui n'était accessible qu'aux seuls lettrés.

---

1. Sur les conditions historiques, il existe de très nombreuses références. On peut se reporter à l'ouvrage suivant : *La Chine au XXe siècle,* t. I, p. 123-160. – Les références bibliographiques des ouvrages cités sont ici données p. 33-35.

Depuis la fin du XIXe siècle, des intellectuels et essayistes utilisaient la presse pour répandre de nouvelles idées. Le pouvoir impérial des Qing n'avait alors plus vraiment les moyens de s'opposer à la publication de ces journaux non officiels ou semi-officiels, conscient, sous l'influence des grands mouvements réformateurs, qu'il s'agissait là d'une vague de fond que la censure ne pourrait arrêter. A Shanghai, ville cosmopolite perméable à toutes les influences occidentales, parurent entre autres, à partir de 1872, le *Shenbao* (« Journal de Shanghai ») puis, à partir de 1893, le *Xinwen bao* (« Les Nouvelles[1] »). Principalement subventionnés à l'origine par des capitaux étrangers, ces journaux voyaient leur publication facilitée. D'autre part, édités par des journalistes lettrés sous le couvert d'une littérature d'agrément, des suppléments littéraires et des magazines virent le jour : il y eut grâce à eux toute une floraison de revendications dans les domaines politiques et littéraires. Le grand réformateur Liang Qichao[2] fonda dès 1903 la revue *Nouveau roman*, où il développa ses thèses sur l'importance de la littérature romanesque pour rénover les conditions

1. Sur l'émergence de la presse en Chine, on pourra consulter *The Romantic Generation of Modern Chinese Writers*, p. 1-27.

2. Liang Qichao (1873-1929), grand réformateur, éditeur en chef à Shanghai du journal *Shiwu bao* (connu en anglais sous le titre *The China Progress*), plate-forme du mouvement réformiste. Il réclame un régime parlementaire, des « droits pour le peuple », une refonte du système des examens et des cursus scolaires (notamment l'intégration de méthodes et de disciplines occidentales), l'égalité des sexes, l'ouverture d'écoles pour les femmes et l'abolition des pieds bandés.

morales, religieuses, politiques et sociales de la nation chinoise. Véritable précurseur avec son appel à une « révolution du roman », il préconisa l'émergence d'un « nouveau type de roman[1] ».

Parallèlement, des traducteurs célèbres comme Lin Shu ou Yan Fu avaient permis à toute une population urbaine et cultivée de découvrir la littérature occidentale. Ces traductions répandirent et popularisèrent modes, idées et manières d'être nouvelles, aussi bien sur les plans conceptuel et philosophique que politique et littéraire.

En 1911, à la fin de l'empire, une importante littérature populaire largement diffusée dans les grands centres urbains remportait déjà un franc succès. Ces romans, connus sous l'appellation de l'« école du samedi des canards mandarins et des papillons », étaient pour l'essentiel des fictions sentimentales. Dans celles-ci, traditionnellement, des couples de canards mandarins et de papillons symbolisent des amoureux qui sont forcément inséparables. Mais ces romans, apparemment sans grande envergure littéraire, introduisaient l'usage fréquent du « je » et signalaient déjà une inflexion profonde dans la perception du sujet narratif. Cependant, le succès commercial de certains de ces romans ainsi que les intrigues, jugées trop simplistes, n'étaient pas du goût de la nouvelle génération d'intellectuels qui réclamait des transformations plus radicales encore.

---

1. Zhang Yinde, *Le Roman chinois moderne*, p. 8.

On considère que la revue *Nouvelle jeunesse*, fondée en 1915 par Chen Duxiu[1] (1879-1942), fut la première à permettre enfin une large diffusion des nouvelles idées alors en vogue dans les milieux littéraires. En 1917, Hu Shi[2] publia dans cette revue son célèbre article « Premières propositions pour une réforme littéraire », qui était un résumé en huit prescriptions où l'auteur s'attaquait directement à l'usage de la langue classique, exigeant désormais l'utilisation de la langue vernaculaire (le *baihua*) pour l'écriture littéraire. Cet article resté célèbre marqua, par la virulence du propos, le réel début d'une prise de conscience qui conduisit à la « révolution littéraire ». Celle-ci, dès ses origines, opposait une littérature populaire à la littérature aristocratique des seuls lettrés. Hu Shi réclamait de reconsidérer les distinctions opérées jusqu'alors entre les genres nobles qu'étaient la poésie, les essais, la philosophie et les écrits historiques, et la littérature dite de divertissement telle que le roman écrit en vernaculaire.

Il faut garder à l'esprit que la tradition romanesque en Chine ignorait pour sa plus grande part l'utilisation de la première personne dans la narration[3] : c'est pourquoi, dans cette tradition

1. Révolutionnaire et alors doyen de la faculté des lettres de l'université de Pékin. Un des fondateurs du P.C. chinois, il sera critiqué en 1927 pour son attitude trop conciliante envers le Guomindang.

2. Etudiant aux Etats-Unis, rentré en Chine en 1917. Il eut un rôle éphémère et pourtant déterminant dans la révolution littéraire.

3. Sur la relation d'interaction entre le sujet et l'objet dans la littérature chinoise, voir *Tours et détours. Ecritures autobiographiques dans les littératures chinoise et japonaise au XXe siècle*, p. 6-13.

littéraire, la représentation du moi dans l'écriture restait globalement diffuse. Il faut donc considérer l'abandon de la langue classique comme un renouvellement du mode narratif. Hu Shi n'entendait pas seulement combattre la tradition, il voulait aussi la questionner pour défricher de nouveaux horizons intellectuels.

Sur ces bouleversements intellectuels et littéraires vinrent alors se greffer des événements historiques qui encouragèrent l'émergence de nouveaux talents, dont Yu Dafu fut l'un des meilleurs représentants. Le traité de Versailles avait attribué au Japon des anciennes possessions allemandes au Shandong ; il s'ensuivit un grand mouvement de contestation patriotique dans les milieux intellectuels et particulièrement étudiants. « A bas la boutique Confucius » devint la devise de toute une génération qui engagea un mouvement social et culturel ayant pour objectif une refonte radicale de la société chinoise. Cette contestation, que l'histoire retient comme le « mouvement du 4 Mai 1919 », contribua à la vulgarisation et à l'élargissement des idées et des programmes littéraires. Dès le début des années vingt, ce renouvellement est évident, confirmé en quelque sorte par l'éclosion d'une littérature romanesque moderne aux thèmes plus variés.

Dans ce contexte, l'abandon de l'usage de la langue classique dans les manuels scolaires en 1920 n'était plus seulement un acte symbolique, mais marquait le début d'une nouvelle ère pour la Chine, tant dans le domaine de l'éducation que dans celui de la formation intellectuelle. Parallèlement, tous les étudiants chinois partis poursuivre des études universitaires en Europe, aux Etats-Unis ou au Japon, revenaient au pays imprégnés de toutes les influences de l'étranger. Avec le mouvement du 4 Mai, cette intelligentsia signalait son intérêt pour les œuvres et les théories littéraires occidentales.

On peut donc considérer que le roman moderne chinois est né sous le double signe d'une influence occidentale et d'une rupture avec la tradition de la littérature classique. C'est l'une des clés de l'œuvre de Yu Dafu. L'engouement sans précédent pour le romantisme européen – auquel adhéra Yu Dafu – révèle auprès de la jeune génération l'aspiration de l'individu à être reconnu dans son identité propre. Les valeurs patriotiques, l'individualisme et son corollaire le subjectivisme témoignent alors du culte sans précédent voué à l'esprit de révolte et de liberté. Mais il ne faut pas seulement interpréter cette révolte sous le seul angle du rejet de la tradition confucéenne. En effet, ces aspirations puisent également leurs sources dans certains courants situés aux confins des influences taoïstes et bouddhistes. S'opposer aux valeurs héritées du confucianisme implique peut-être moins une rupture avec la tradition qu'il n'y paraît.

*

C'est donc dans ce contexte historique et intellectuel que Yu Dafu voit le jour, le 7 décembre 1896, à Fuyang – province du Zhejiang –, dans une famille de lettrés désargentés. Son père meurt alors que Yu Dafu n'a que trois ans et l'auteur connaît une enfance difficile sur le plan matériel. A six ans, il est envoyé dans une école privée traditionnelle sous la direction d'un maître puis, après quatre années d'étude, il intègre une école élémentaire publique à Fuyang. D'un naturel renfermé et timide, il écrira de lui qu'il était alors, parmi tous les élèves, « à la fois le plus chétif et le plus jeune ». Mais, au terme de sa première année, il obtient de si bons résultats qu'il est autorisé à sauter une classe et à passer directement en troisième année. En 1909, à treize ans, il est diplômé de cette école.

Il réussit ensuite brillamment l'examen d'entrée à l'école secondaire de Hangzhou. A cette époque, il se découvre une passion pour la poésie classique, principalement celle de la dynastie Tang, dont il avait commencé l'étude dès l'école primaire. Des années plus tard, il révélera qu'il lisait couramment et connaissait presque par cœur les Quatre Classiques[1] – belle prouesse pour un si jeune esprit – et le célèbre roman *Rêve dans*

1. La *Grande Etude*, les *Entretiens de Confucius*, *Mengzi* et l'*Invariable Milieu*. Livres canoniques commentés par Zhu Xi (v. 1130-1200), figure majeure de la philosophie chinoise, qui constituaient les fondements de l'éducation traditionnelle sous la Chine impériale.

le pavillon rouge[1]. Ces lectures le dotent d'une formation classique tout à fait étonnante pour un adolescent ; son univers mental restera toujours imprégné de cette culture traditionnelle, l'essentiel de sa formation.

Confronté à une jeunesse urbaine riche et élégante, Yu Dafu semble manifestement très perturbé par l'homosexualité de certains élèves, et trouve refuge dans la lecture et l'écriture de poèmes qu'il parvient à faire publier dans quelques journaux, sous différents pseudonymes. Il considère dès lors qu'il est d'un niveau supérieur aux autres élèves et, bientôt, met un terme à ses études parmi eux. Soucieux d'approfondir sa connaissance de la langue anglaise, il s'inscrit dans des écoles missionnaires américaines de diverses confessions. Exaspéré par l'obligation des prières, il décide de quitter définitivement ces établissements au début de 1911 pour poursuivre ses études à domicile. Alors âgé de quinze ans, il s'impose un emploi du temps très strict afin d'approfondir sa connaissance des classiques chinois. A l'époque, les meilleurs étudiants chinois partent étudier à l'étranger, en particulier au Japon. Ainsi, en 1913, Yu Dafu embarque pour le Japon avec son frère et obtient une bourse d'Etat après avoir brillamment réussi l'examen d'admission.

---

1. Ce roman-fleuve, écrit par Cao Xueqin (1715-1763), est une sorte d'« éducation sentimentale ou une recherche du temps perdu qui n'est plus que rêve des splendeurs de la vie passée dans le quartier des femmes d'une demeure de l'aristocratie mandchoue » (André Lévy, *La Littérature chinoise ancienne et classique*, p. 118).

Son frère retourne en Chine alors que Yu Dafu fait une première année préparatoire à la première école supérieure de Tôkyô, dans un groupe spécialisé en littérature, philosophie, économie et politique. C'est là que, en 1914, il rencontre Guo Moruo[1], qui suivait un cours préparatoire similaire pour étudier la médecine. Au terme de trois années d'études, dont l'une, en 1915, passée à Nagoya, Yu Dafu s'inscrit en 1916 à l'université impériale de Tôkyô, où il étudiera, à partir de 1918, les sciences économiques et politiques.

L'excellence de son multilinguisme est dès cette époque avérée : il lit couramment des œuvres en anglais et en allemand, découvre la littérature russe par les traductions anglaises et japonaises des œuvres de Tourgueniev, Tolstoï, Dostoïevski, Gorki, Tchekhov. Il se passionne également pour la littérature européenne, tout particulièrement allemande. Il devient si bon connaisseur de la littérature occidentale que ses amis étudiants, parmi lesquels Guo Moruo, le sollicitent pour fonder une revue littéraire vers la fin de 1919. Yu Dafu avouera avoir dévoré, dans cette période, plus d'un millier de livres étrangers[2]. Au cours des

---

1. Né en 1892, Guo Moruo (ou Kouo Mo-jo) créa en 1921, avec Yu Dafu, le mouvement littéraire et libéral connu sous le nom de « Création ». Il fut l'un des plus grands noms du romantisme chinois du XXe siècle. On lira avec profit *Autobiographie. Mes années d'enfance.*

2. *Rétrospective sur mes cinq ou six dernières années d'activités créatrices (Wu liu nian lai de chuangzuo shenghuo de huigu)*, *Œuvres* de Yu Dafu *(Yu Dafu Quanji)*, Zhejiang wenyi chubanshe, 1991, vol. V, p. 25-30.

vacances de l'été 1920, Yu Dafu, sur l'insistance de sa famille conservatrice, en particulier de sa mère, se marie avec une femme de son pays natal, qu'il délaisse tout aussitôt. Le premier fils que lui donna cette épouse mourut dans l'enfance. Yu Dafu en portera le deuil et ne dira curieusement jamais mot des trois autres enfants qu'il eut avec cette femme.

Naufrage[1], nouvelle extraite du recueil éponyme publié à Shanghai en 1921, lui ouvre immédiatement les portes de la célébrité. Cette nouvelle, qui relate les humiliations et le suicide d'un étudiant chinois au Japon, frappe par son ton neuf et personnel. L'importance accordée aux frustrations sexuelles, l'évocation des pratiques masturbatoires enthousiasme tout autant qu'elle scandalise. Les premiers écrits de Yu Dafu trahissent immédiatement son inclination à la complaisance morbide, à l'impudeur autobiographique, à l'exaltation du moi.

Entre 1922 et 1927, période où il va beaucoup écrire, il apparaît avec Guo Moruo comme l'une des figures les plus marquantes de la « société littéraire Création », fondée au Japon en 1921 par un groupe d'étudiants. Ceux-ci décident de publier une revue trimestrielle, le *Trimestriel Création*, qui deviendra en 1923 une revue hebdomadaire. Entre 1921 et 1930, année où les activités de

1. Premier texte de Yu Dafu à avoir été traduit en français, par Martine Vallette-Hémery, dans *De la Révolution littéraire à la littérature révolutionnaire. Récits chinois 1918-1942*, p. 83-123.

Création cessent, deux périodes assez distinctes dans les aspirations des membres de cette société peuvent être identifiées. A l'origine, ses fondateurs professent enthousiasme et admiration pour les mouvements romantiques occidentaux, principalement allemand. Selon eux, il n'est d'acte créatif que dans l'exaltation individuelle d'une écriture affranchie des conventions. Ce refuge dans l'art s'incarne dans le slogan resté célèbre de « l'art pour l'art ». Mais après les incidents de Shanghai du 30 mai 1925[1], Création connaît une scission. En effet, ce jour-là, des policiers des concessions internationales tirent sur des manifestants chinois. L'émotion est vive dans les milieux intellectuels. De nombreux écrivains, dont Guo Moruo, se rangent officiellement derrière le marxisme, se détournant ainsi de l'esthétisme individualiste pour se lancer dans la grande aventure du romantisme révolutionnaire. De vives polémiques idéologiques et des divergences intellectuelles naîtront de ces événements, précurseurs d'une littérature idéologiquement plus engagée. Yu Dafu devait alors se retirer peu à peu de Création, qu'il quitte officiellement le 15 août 1927. Ce même été, il se marie à Yokohama avec Wang Yingxia, femme de Hangzhou connue pour sa beauté et sa parfaite éducation. Ils s'étaient rencontrés en janvier 1927 et Yu Dafu avait été immédiatement séduit. Sa première épouse refusera toujours le divorce et continuera de vivre avec la mère de l'auteur à Fuyang.

1. Voir le Tableau chronologique de la période, p. 37.

Après son retrait du cercle littéraire Création, Yu Dafu se rapproche du grand écrivain Lu Xun[1]. Il publie des traductions et devient éditeur de revues littéraires. Entre 1928 et 1932, il écrit encore un grand nombre de nouvelles et des romans, et il sera – un temps – membre de la Ligue des écrivains de gauche[2], opposée à l'hégémonie du parti nationaliste. Yu Dafu prend ses distances avec le marxisme, en raison de jugements divergents sur la création littéraire. Lui-même se définit alors comme un « intellectuel petit-bourgeois » mais se refuse à en éprouver du remords ou de la culpabilité. Etre l'instrument d'une cause lui apparaît vain et réducteur. En 1935, il publie ses dernières nouvelles. Dès lors, il n'écrira pratiquement plus que des carnets de voyages et de la poésie, remarquable pour sa facture classique.

Après avoir mis un terme à sa carrière littéraire de romancier et de nouvelliste, il est quelque temps fonctionnaire du gouvernement provincial du Fujian, avant de collaborer à de nombreuses publications journalistiques. En 1938, il devient rédacteur en chef d'un journal à Singapour. A l'arrivée des Japonais en 1942, il s'enfuit à Sumatra où, sous un nom d'emprunt, il ouvre

1. De son vrai nom Zhou Shuren (1881-1936), il fut sans conteste la figure emblématique du mouvement du 4 Mai. Il publie en 1918 le premier récit en langue parlée, *Le Journal d'un fou*, dans la revue *Nouvelle jeunesse*.

2. Ligue fondée en 1930, dont la brève existence s'explique à la fois par les dissensions entre les tenants d'une littérature « prolétarienne » et les modérés qui souhaitent rester indépendants, et par la sévère répression que mène le parti nationaliste.

une distillerie, se marie de nouveau et agit dans l'ombre pour résister à l'envahisseur. Reconnu par un compatriote et dénoncé, il est arrêté par la police japonaise le 29 août 1945 et exécuté dans des circonstances qui restent encore floues à ce jour. Son corps ne fut jamais retrouvé.

Ainsi, très succinctement évoquée, cette biographie de Yu Dafu brosse le portrait d'un homme qui préfère rester sourd aux certitudes idéologiques dans une période où l'engagement est la norme. De plus, il demeure à ce jour le premier écrivain chinois qui a su mettre en avant ses obsessions et approcher les corps, non sans évoquer les fractures du monde dans lequel il vit.

*

Pour construire le présent ouvrage, nous avons regroupé ici trois textes, d'époque et de longueur différentes, dont les lignes de force se laissent deviner. L'atmosphère esthétique de ces œuvres situe l'écrivain dans la tradition chinoise (les périphrases poétiques, les citations, le mode de caractérisation en témoignent) : son style même reste celui d'un homme imprégné de culture classique. Cependant, Yu Dafu place son œuvre dans un contexte historique et intellectuel précis, établissant une passerelle entre, d'une part, l'univers chinois et sa propre culture, et de l'autre les mouvements littéraires occidentaux. L'homme se révèle doublement érudit : à sa solide formation chinoise classique répond une étonnante culture occidentale. Aucun des mouvements d'idées du moment ne semble lui échapper, qu'il s'agisse par exemple du droit des femmes à disposer d'elles-mêmes, de la liberté de l'écrivain, que nul dogme ne saurait entraver, ou encore du droit des peuples à se libérer du joug colonialiste. Yu Dafu étonne par l'acuité de son regard sur la société de son temps, à l'instar de Lu Xun, dont il admirait l'œuvre. S'il n'hésite pas à abandonner tout engagement idéologique, c'est qu'il refuse d'être manipulé. Chacune des situations scabreuses qui émaillent ses récits témoigne aussi de son audace à approcher l'humain qui naît enfin à lui-même, en découvrant la passion jusqu'à la dérive : homosexualité exprimée ou sous-jacente, inceste, relations sadomasochistes... Tout s'expose chez Yu Dafu, rien ne doit rester sous le boisseau. En nommant l'indicible, il donne chair à une jouissance de la transgression.

Au cours de ses premières années de création littéraire, Yu Dafu se limite le plus souvent à des écrits de nature autobiographique. En général, il met en scène des personnages qui sont les reflets de sa propre vie. Yu Dafu cherche alors à disséquer son existence, dans un mouvement d'exaltation du moi propre au romantisme. Toute la tragédie existentielle de ses « héros autobiographiques » révèle en fait, par l'entremise de l'écriture, la nature profonde du mal-être de l'écrivain : son sentiment d'inadéquation par rapport aux autres, sa recherche éperdue d'un monde idéal, fait de pur sentiment et d'exaltation du beau, enfin la permanence de ses frustrations sexuelles, constamment mises en avant, mais par le seul prisme de pratiques masturbatoires ou de la fréquentation des prostituées. Dans la toute première nouvelle qu'il publiera, Yu Dafu écrit du personnage central, à l'évidence lui-même, qu'il est « dans l'entière ignorance d'être le héros d'une grande tragédie[1] ». Pour Yu Dafu, au-delà de ce qu'il perçoit comme une tragédie, aller vers l'autre se présente d'abord comme une impossibilité ontologique.

Pendant plusieurs années, Yu Dafu va presque exclusivement se consacrer à disséquer ses sentiments et son âme, incapable, semble-t-il, de penser l'univers et l'Autre, cet Autre inquiétant, en dehors du prisme de son ego. Son penchant pour un sentimentalisme exacerbé peut sembler parfois désuet, voire irritant, mais ce débordement émotionnel apparaît aussi comme la conséquence d'une obsession récurrente, celle de l'approche des corps, en particulier de l'introuvable corps féminin.

Dans les trois textes traduits ici, l'auteur s'abandonne au dolorisme, car, pour lui, la souffrance des êtres comporte sa part d'utilité et de valeur morale. Cependant, la longueur inhabituelle de la nouvelle intitulée *Une femme sans*

---

1. Yu Dafu, *Yin hui se de si* (« La Mort gris-argent »), in *Yu Dafu quanji*, Zhejiang wenyi chubanshe, 1991, p. 2. Ce texte n'a jamais été traduit en français.

volonté lui permet d'esquisser plus finement la psychologie de ses personnages. *Une femme sans volonté* paraît en 1932. Aussitôt, ce roman sera censuré par le gouvernement local du parti nationaliste (Guomindang), à cause des passages qui fustigent la politique du gouvernement, jugés diffamatoires. L'ouvrage sera même affublé de l'étiquette « œuvre prolétarienne » et se verra encore refusé lors de sa deuxième parution, après que Yu Dafu eut coupé les quelques passages considérés comme calomnieux. Les motivations politiques de cette décision se comprennent si l'on considère la situation pour le moins chaotique du gouvernement du Guomindang. Cependant, ne regarder ce roman que sous le seul angle du politique masquerait probablement un aspect plus trouble de cette censure. Dans ce texte, Yu Dafu aborde la confusion des sentiments, qui reflète la confusion des temps. Il perçoit, dans un élan quasi prophétique, que l'attaque de Shanghai par le Japon en 1932, évoquée à la fin du roman, est comme le « prélude de la Seconde Guerre mondiale ». Les temps changent, orientent le monde vers un cataclysme encore inconnu, et Yu Dafu comprend dès cette époque que les conquêtes du Japon augurent du pire. L'homme qui annonce les horreurs à venir dérange, et, assurément, Yu Dafu gênait par son refus des dogmes et des allégeances. Il avait conscience que la Chine mutilée incarnait un monde à la dérive. Attaché cependant à ses illusions de jeune étudiant, il espérait encore que le pouvoir des mots permettrait de dénoncer l'incurie des puissants et d'affirmer la nécessité pour les « masses » de se libérer du « joug ». Lorsqu'il écrit, par la bouche de son personnage Shifen, que « le capital n'a de sens qu'utilisé pour le bien commun », ces naïvetés néomarxistes peuvent prêter à sourire. Pourtant, en un temps cannibale où la Chine dépecée n'était plus que l'ombre d'elle-même, comment ne pas apprécier, remis dans leur contexte, les élans d'une générosité bientôt transformée en cauchemar ?

Yu Dafu trouble aussi le lecteur par sa façon d'approcher les corps comme personne avant lui dans la littérature chinoise. Ses textes lui furent d'ailleurs souvent refusés par les éditeurs pour des détails sexuels jugés trop explicites. Bien que la littérature chinoise fût dotée d'une abondante littérature érotique, celle-ci, proscrite par le pouvoir impérial, était diffusée sous le manteau et n'était guère connue que des seuls lettrés. Mais chez Yu Dafu se noue une mise en scène de la collision des corps où les sentiments prennent enfin toute leur place. Au-delà des convenances d'une société sclérosée par la morale confucéenne, Yu Dafu ébranle les certitudes. Chez lui, le cœur saigne, les larmes abondent, et les tourments du sentiment s'exposent. Yu Dafu, avec talent, évoque sans jamais nommer, il décrit des turpitudes affectives et sexuelles avec une pudeur que l'on pourrait qualifier d'« impudique ». Scandale pour beaucoup de ses contemporains, souffle de liberté pour d'autres, cette impudeur ébranle les tabous parce que le sexuel s'immisce enfin dans la banalité du quotidien où les corps parviennent, dans le contexte d'une Chine fracturée, à un débridement qui est le symbole charnel de la sanglante inhumanité guerrière. La force novatrice de Yu Dafu dans la littérature du 4 Mai procède de cette pudeur à évoquer le scabreux. En effet, quand rien n'est mis en montre parce que la tradition s'y oppose, tout se retrouve en vérité exposé, et s'opère alors un magistral retournement de l'effet de censure.

Le titre *Une femme sans volonté* aurait pu être traduit différemment. En effet, l'adjectif chinois *ruo* évoque aussi bien la fragilité, la faiblesse, la déficience et la jeunesse. La traduction retenue résume la vacuité de l'existence de Xiuyue, l'héroïne principale. Cette jeune femme se retrouve emportée par le tourbillon de la passion dans une société en pleine mutation. En dépit de ses luttes, des tentatives désespérées pour se hisser au-delà du commun, elle va inexorablement se perdre jusqu'à tout perdre. Sa quête d'elle-même se vit dans une quête du corps greffée à partir des sentiments troubles de l'adolescence. Elle est comme bloquée, paralysée, sur le même, sur un corps de son côté. Ses premières expériences charnelles sont déterminées par une approche du corps semblable : sa condisciple Wenqing lui fait la cour pour obtenir ses faveurs ; malgré la brutalité de ses expériences physiques – ou peut-être à cause d'elles –, Xiuyue est séduite par un corps de femme et, pour Yu Dafu, « réduite » par ce corps qui est du même « bord » que le sien. L'auteur s'attache alors à racheter son héroïne, à la hisser vers un ailleurs plus conforme à la morale. Echaudée par son expérience, Xiuyue ne désire plus que la vertu, mais sa rédemption se perd dans les convulsions de l'histoire humaine où se joue la destinée personnelle. Initiée au corps par Wenqing – femme perverse, bisexuelle et incestueuse –, Xiuyue, dans un premier temps, découvre avec elle « le véritable paradis des plaisirs charnels ». Mais, très vite, l'ivresse de la fusion prend fin. Répudiée, Xiuyue part à la conquête du mâle, mais sa démarche s'avère illusoire. Après avoir exploré les figures érotiques du semblable, elle échoue dans sa quête, par le choix même de l'objet de son désir. Celui qui devient son mari est dépeint comme un être falot et efféminé, atteint d'impuissance, se révélant inapte à assurer la survie du couple. L'échec de cette union apparaît consommé dans ce que Yu Dafu suggère de leur nuit de noce : la belle ne sera pas honorée ce soir-là, et toute la tragédie de son destin s'enracine dans cette union improbable.

Shifen, l'amie de la belle héroïne, a de très nobles aspirations, dont elle essaie de convaincre Xiuyue. Tout chez elle tend vers la pureté et la noblesse des sentiments. Acquise à la cause de la révolution prolétarienne, Shifen, la bonne conscience de l'héroïne, semble la face sage de celle-ci. Elle lutte pour la pureté, pour la vertu, l'innocente s'oublie pour mieux changer le monde. Jamais elle ne se commettrait à aller trop près du corps, dont elle semble penser qu'il conduit à la perte. Même sa relation amoureuse avec son oncle, dont le lecteur ne saura presque rien, se tient à distance du corps et apparaît comme désincarnée. Sa passion ne saurait être charnelle, et le combat prolétarien lui tient lieu de jouissance. Mais lorsque, enfin, elle accède aux corps, elle touche par deux fois des cadavres mutilés avec une émotion circonscrite par le sens du devoir. Telle une métaphore qui révèle l'inconscient de l'auteur, cette pureté supposée de jeune révolutionnaire fait d'elle une figure finalement monstrueuse : à son refus de la chair répond l'image de la mort dans son irréductible barbarie. Les révolutionnaires seraient-ils des monstres ?

Quant aux figures lesbiennes et/ou incestueuses, elles se révèlent à la fois chez Wenqing, l'hommasse perverse et dominatrice, et chez l'héroïne de la nouvelle *Rivière d'automne*. Wenqing donne dans le corps du même sans complexe apparent. Bien au contraire, dans un extrait turpide du texte, elle va jusqu'à trouver légitimes toutes les formes de l'amour : « En amour, quelle importance que l'autre fût chat ou chien, père ou fils ? Pourquoi ne pas prendre du bon temps ensemble ? » Yu Dafu ne dévoile aucun détail explicite sur la nature exacte des relations qui unissent Wenqing à son père ; on apprend incidemment qu'elle partage à l'occasion le lit de celui-ci. L'homme, présenté sous les traits d'un fruste au regard pervers, a fait cadeau à sa fille d'un objet, un *olisbos*. Celui-ci, dont le texte original dit simplement qu'il est « très long », devient en quelque sorte, par l'entremise du père, un objet transfert. Cette figure insinuée de l'inceste suggère une femme qui revient elle aussi d'une expérience au même – aller vers le père reste une déclinaison de l'amour pour l'identique –, et l'inceste vient ici attester l'obsession de l'auteur pour ces figures du semblable.

Cette même obsession se retrouve dans *Rivière d'automne*. Une jeune femme amène dans son lit son fils « putatif ». L'inceste n'existe ici que sur le seul plan symbolique, dans une autre tentative de la figure du même. Cette femme se venge en couchant avec le fils de l'homme qui l'a achetée et contrainte par la force. Ce fils apparaît dès lors comme la face aimable du mari monstrueux, et ce n'est pas un hasard si Yu Dafu précise qu'avant de se donner au fils cette femme a connu de multiples hommes. Sa seule frustration provient donc du manque intime de n'avoir pu trouver chez son mari une figure de l'amour qui puisse être « pratiquée ».

Inconsciemment, Yu Dafu applique dans son œuvre des figures qui reviennent assurément de son histoire personnelle. L'écrivain vécut avec le sentiment de passer à côté de lui, d'être le « héros inutile » cher à Tourgueniev[1]. Sa quête de l'éperdu se perd dans l'absolutisme de la pureté, face aimable d'une obscurité dont il souffrait. Lorsque la passion s'empare de l'auteur, dans le texte *Le Passé*, la demoiselle Seconde, dont il

1. Yu Dafu avouera avoir été très inspiré par Tourgueniev, en particulier par *Le Journal d'un homme de trop* (Tourgueniev, *Romans et nouvelles complets*, p. 543-599).

est éperdument amoureux, s'acharne à lui donner la seule jouissance qu'en définitive il espère : celle que lui procurent les violences auxquelles il se soumet. Dans ce texte où la fiction rejoint l'autobiographie, cette relation pathologique et ces amours jamais consommées rappellent aussi que le sentiment perdu ne se rattrape jamais. Au-delà des rapports masochistes avec demoiselle Seconde, la nouvelle rend compte de l'amour qui n'a pas su être saisi, du sentiment disparu. Le lyrisme tranquille de la narration témoigne de la fuite du temps et du sentiment enfui qui nourrit les regrets d'aujourd'hui. Hésiter sur les femmes possibles revient à décliner les figures féminines que jamais l'on ne possédera. Toute sa vie, Yu Dafu devait poursuivre ces idéaux chimériques, à l'instar du malheureux mari de Xiuyue, ce journaliste et essayiste à la masculinité déviante, dont tout incline à penser, en dépit des dénis de l'auteur[1], qu'il s'agit de lui-même.

*

Yu Dafu laisse une œuvre ample et contrastée. Alors qu'il fut considéré par certains[2] comme

1. C'est le seul roman de Yu Dafu pour lequel l'auteur croit bon de préciser, en annexe à son texte, que toute « ressemblance avec des personnages ou situations serait pure coïncidence ». Remarque pour le moins troublante quand on connaît la disposition de l'auteur à l'exhibitionnisme…

2. Cheng Ziyu, cité par Anna Dolezalova, *Yu Ta-fu : Specific Traits of his Literary Creation*, note 96, p. 232.

l'un des plus grands poètes chinois de son temps, ses talents de romancier et de nouvelliste ne furent sans doute pas à la mesure de ses ambitions d'écrivain. Homme « à la sentimentalité mal dominée[1] », il reste cependant un écrivain chinois unique dans la période de l'entre-deux-guerres. Le lecteur du XXIe siècle sera intrigué par cet esprit cultivé, indépendant et courageux. Que l'homme fût, au regard du freudisme, « névrosé », cela ne fait guère de doute. Il représente en tout cas l'une des plus étonnantes personnalités du mouvement du 4 Mai, de ces personnalités qui transformèrent la littérature chinoise au XXe siècle. Yu Dafu fut contesté pour avoir « commenté l'actualité et calomnié les princes[2] ». En ce sens, il restera comme l'un des pères de l'esprit critique et de la liberté de ton.

Il méritait en tout cas d'être connu d'un plus large public, lui que les Japonais firent taire à jamais.

STÉPHANE LÉVÊQUE

1. Martine Vallette-Hémery, dans sa brève introduction à l'auteur dans *Treize récits chinois, 1918-1949*, Picquier poche, p. 144.
2. « Le Moine Calebasse », dans *Treize récits chinois*, p. 146.

AVERTISSEMENT

Les trois textes présentés ici ont été traduits d'après le texte original des *Œuvres complètes* de Yu Dafu *(Yu Dafu quanji)*, Zhejiang wenyi chubanshe, Zhejiang, 1991, vol. I et II.

Une femme sans volonté (Ta shi yige ruo nüzi) et *Rivière d'automne (Qiu he)*, écrits respectivement en 1932 et 1923, sont inédits en français. *Le Passé* (*Guoqu*, 1927) avait déjà été publié en français dans le recueil intitulé *Fleurs d'osmanthe tardives*, Editions de Pékin, coll. « Panda », p. 154-177.

Les notes en bas de page sont du traducteur.

Pour des raisons de commodité, nous avons choisi le système de transcription officiel en usage en République populaire de Chine, le *pinyin*, sauf pour des noms propres extrêmement connus, comme Canton, Pékin, etc.

Voici un équivalent très approximatif des sons transcrits selon ce système :

zh = dj
ch = tch
sh = ch
r = j
z = dz
c = ts
s = s dur

Après ces initiales, le *i* se prononce un peu comme un *e* muet.

j = dj
q = tch
x = sh

Ces initiales sont toujours suivies d'un *i* ou d'un *ü*.

Le *u* se prononce *ou*, sauf dans *ju, qu, xu, yu*, où il se prononce *ü*.

Le *h* initial est très aspiré ; le *w* équivaut à un *ou*.

Il existe quelques autres nouvelles de Yu Dafu disponibles en français :

Le Naufrage, traduit par Martine Vallette-Hémery, in *De la révolution littéraire à la littérature révolutionnaire. Récits chinois 1918-1942*, L'Herne, 1970, p. 85-123

Le Moine Calebasse, traduit par Martine Vallette-Hémery, in *Treize récits chinois, 1918-1949*, Arles, Philippe Picquier, 1991, p. 99-106, repris en Picquier poche, p. 145-156.

De sang et de larmes, traduit par Emmanuelle Péchenard, in *Shanghai 1920-1940*, Bleu de Chine, 1995, p. 31-46.

Le traducteur aimerait exprimer ici toute sa gratitude aux professeurs Jean-Claude Pastor et Alain Rocher pour leur aide et leur soutien.

Mme Yvonne André, qui m'initia aux lettres chinoises, a accepté de m'assister dans ce travail, me prodiguant ses précieux conseils et son expérience. Qu'elle trouve ici l'expression de mon amitié et de mes plus vifs remerciements.

Je dédie cette traduction à son premier lecteur, Pierre-Yves Bahuault.

S. L.

INDICATIONS BIBLIOGRAPHIQUES

SUR YU DAFU ET SA PÉRIODE LITTÉRAIRE

En français

Les études en français consacrées à Yu Dafu et à la période littéraire qui le voit vivre sont peu nombreuses. On peut signaler :

ANDRO Chantal, CURIEN Annie, SAKAI Cécile (sous la direction de), *Tours et détours. Ecritures autobiographiques dans les littératures chinoise et japonaise au XXe siècle*, Publications universitaires Denis Diderot, s. d.

BERGÈRE Marie-Claire, BIANCO Lucien, DOMES Jürgen (sous la direction de), *La Chine au XXe siècle*, Fayard, 1989.

LÉVY André (sous la direction de), *Dictionnaire de littérature chinoise*, PUF, coll. « Quadrige », 2000. Un article de Paul Bady est consacré à Yu Dafu.

— *La Littérature chinoise ancienne et classique*, PUF, coll. « Que sais-je ? », n° 296, 1991.

PIMPANEAU Jacques, *Chine, histoire de la littérature*, Arles, Philippe Picquier, 2004. Les pages 401 à 428 (« La littérature moderne ») sont consacrées à la période littéraire pendant laquelle vit Yu Dafu.

VALLETTE-HÉMERY Martine, *De la révolution littéraire à la littérature révolutionnaire. Récits chinois, 1918-1942*, L'Herne, 1970. Les pages 9 à 26 sont consacrées à la présentation de la période, des mouvements littéraires et des écrivains du 4 Mai.

ZHANG Yinde, *Le Roman chinois moderne, 1918-1949*, PUF, 1992.

En langues étrangères

CHANG Wing-Ming, « The Self-Mocking of a Chinese Intellectual : a Study of Yu Dafu's "An Intoxicating Spring Night" », *in* Galik, M. (sous la direction de), *Interlitary and Intralitary Aspects of the May Fourth Movement 1919 in China*, Bratislava, 1990, p. 111-117.

CHEN Maiping, « Associative and Dissociative : the Self in Chinese Classical and Modern Literature », *in* Littrup, Lisbeth (sous la direction de), *Identity in Asian Literature*, Londres, Curson Press, 1996, p. 14-46.

CHEN Pingyuan, *Zhongguo xiaoshuo xushi moshi de zhuanbian* (« La transformation du mode narratif dans le roman chinois »), Shanghai renmin chubanshe, 1988.

CHEN Zigai, WANG Zili, *Yu Dafu yanjiu ziliao* (« Matériaux pour une étude de Yu Dafu »), Huacheng chubanshe, 1985.

DOLEZALOVA Anna, « Remarks on the Life and Work of Yu Dafu up to 1930 », in *Asian and African Studies*, vol. I, Bratislava, 1965, p. 53-80.

— *Yu Ta-fu : Specific Traits of his Literary Creation*, Bratislava, 1971 / New York, Parangon, 1971.

DOLEZALOVA-VELINGEROVA Milena (sous la direction de), *A Selective Guide to Chinese Literature (1900-1949)*, vol. I : *The Novel*, Leyde, Brill, 1988 ; vol. II : *The Short Story*, Leyde, Brill, 1988.

— (sous la direction de), *The Chinese Novel at the Turn of the Century* (« Le roman chinois au tournant du siècle »), Toronto / Buffalo / Londres, University of Toronto Press, 1980.

FEUERWERKER Yi-tsi Mei, « Teœt, Intertext, and the Representation of the Writing Self in Lu Xun, Yu Dafu and Wang Meng », *in* Widmer, Ellen, et Der-wei Wang, David (sous la direction de), *From May Fourth to June Fourth – Fiction and Film in Twentieth-Century China*, Cambridge Londres, Harvard University Press, 1993, p. 167-193.

LEO Ou-fan Lee, *The Romantic Generation of Modern Chinese Writers* (« La génération des écrivains romantiques chinois modernes »), Cambridge (Massachusetts), Harvard University Press, 1973.

PRUSEK Jaroslav, « Mao Tun and Yu Ta-fu », *in* Prusek, J., *The Lyrical and the Epic. Studies of Modern Chinese Literature*, Bloomington, Indiana University Press, 1980, p. 121-177.

AUTRES OUVRAGES SIGNALÉS DANS LES NOTES

CAO Xueqin, *Le Rêve dans le pavillon rouge,* traduit du chinois par Li Tche-houa et Jacqueline Alézaïs et révisé par André d'Hormon, Gallimard, coll. « Bibliothèque de la Pléiade », 1981.

CHENG Anne, *Histoire de la pensée chinoise*, Le Seuil, 1997.

KOUO MO-JO [ou GUO MORUO], *Autobiographie. Mes années d'enfance,* traduit du chinois par Pierre Ryckmans, Gallimard, coll. « Connaissance de l'Orient », 1970.

PIMPANEAU Jacques, *Chine, mythes et dieux*, Arles, Philippe Picquier, 1999.

TOURGUENIEV Ivan, *Le Journal d'un homme de trop*, *in* Ivan Tourgueniev, *Romans et nouvelles complets*, Gallimard, coll. « Bibliothèque de la Pléiade », t. I, 1981.

VAN GULIK Robert, *La Vie sexuelle dans la Chine ancienne*, traduit de l'anglais et du latin par Louis Evrard, Gallimard, coll. « Bibliothèque des Histoires », 1971, repris dans la collection « Tel », 1977.

TABLEAU CHRONOLOGIQUE DE LA PÉRIODE (1896-1945)

Les dates clés de la vie de l'auteur sont replacées dans le contexte historique, politique et littéraire de la Chine du début du xxe siècle.

1896. Naissance de Yu Dafu le *7 décembre* à Fuyang, dans la province du Zhejiang, région de Shanghai.

1900. Les Boxers occupent Pékin et font le siège des ambassades occidentales.
Expédition internationale sur Pékin et déclaration de guerre à la Chine.

1905. Le recrutement des fonctionnaires, qui a subi de vives critiques, est jugé obsolète, impropre à fournir à l'Etat les éléments indispensables à sa modernisation. Le système multiséculaire des examens mandarinaux est aboli.

1906. Environ 1 300 étudiants chinois sont au Japon pour leurs études.

1909. Yu Dafu obtient son diplôme élémentaire. Il est admis à l'école préfectorale de Jiaxing, puis à celle de Hangzhou.

1911. *10 octobre* : révolution républicaine à Wuchang. Yu Dafu poursuit ses études en autodidacte.

1912. *1er janvier* : Sun Wen (Sun Yat-sen) fonde la République chinoise à Nankin ; fin officielle de la dynastie des Qing. Il cédera le pouvoir à Yuan Shikai, qui transfère le gouvernement républicain à Pékin.

1913. Départ de Yu Dafu pour le Japon, où il étudiera jusqu'en *1922*.

1914. Le parlement est dissous par Yuan Shikai, la Chine connaît la dictature. Au Japon, Yu Dafu fait la connaissance de Guo Moruo, futur écrivain comme lui. Ils créeront ensemble la revue *Création*, mais entretiendront des relations délicates après que Guo Moruo s'est engagé dans le marxisme.

1915. La revue *Xin Qingnian* (qui porte en sous-titre sa traduction française : « Nouvelle jeunesse ») est fondée par Chen Duxiu. Publication de textes fondateurs pour la révolution littéraire.

1916. Mort de Yuan Shikai, début de la période des seigneurs de la guerre.

1917. Hu Shi publie *Sur la révolution littéraire*, où il préconise une littérature vivante et réaliste.

1918. Publication par Lu Xun du premier récit en langue vernaculaire *(baihua)* : *Le Journal d'un fou*. Yu Dafu est admis à la faculté d'économie de l'université impériale de Tôkyô, dont il sera diplômé en *1922*.

1919. *4 mai*, mouvement de révolte étudiant après l'attribution au Japon des anciennes possessions allemandes du Shandong.

1920. Premier mariage de Yu Dafu, mariage traditionnel arrangé par sa mère.

1921. Fondation à Shanghai du parti communiste chinois par quelques intellectuels. Un gouvernement nationaliste est établi à Canton par Sun Yat-sen. Fondation des deux principales associations littéraires qui vont marquer la décennie : l'Association pour la recherche littéraire, avec sa revue *La Nouvelle* ; la société Création, fondée en *juillet* au Japon par plusieurs étudiants, dont Yu Dafu et Guo Moruo. Cette société professe d'abord une allégeance au romantisme européen et édite la revue *Création*. Cette même année, Yu Dafu publie son premier recueil de textes, *Naufrage*, qui lui vaut immédiatement la notoriété, par l'audace de son évocation des frustrations sexuelles.

1923. Alliance de la Russie soviétique avec le gouvernement nationaliste de Canton. La revue *Création* devient un hebdomadaire. Intense période de création littéraire pour Yu Dafu, qui part à l'*automne* enseigner à l'université de Pékin, jusqu'à la *fin de 1924*.

1925. Yu Dafu enseigne à l'école normale supérieure de Wuhan (province du Hubei). Guo Moruo publie *Révolution et littérature*, texte dans lequel il s'engage dans une vision marxiste de la création littéraire. Début d'une scission au sein de la société Création, qui lance une deuxième revue bimensuelle : *Le Déluge*. A Shanghai, le *30 mai*, une manifestation pour la mort d'un ouvrier chinois dans une usine japonaise, réprimée dans le sang, déclenche grèves et boycotts dans toute la Chine. C'est le début d'une prise de conscience des milieux intellectuels.

1926. Yu Dafu enseigne à Canton, à l'université Sun-Yat-Sen. Il s'occupe aussi des éditions du cercle Création à Shanghai. Départ de l'expédition punitive vers le Nord, les nationalistes s'allient aux communistes pour conquérir les territoires tenus par les seigneurs de la guerre. Chiang Kai-shek fomente, le *20 mars*, un coup d'Etat de droite et durcit ses positions contre l'aile gauche. Yu Dafu est très engagé sur le plan éditorial dans les revues éditées par la société Création. Voyages constants entre Pékin et Canton. Mort de son fils.

1927. Chiang Kai-shek écrase les mouvements révolutionnaires de Shanghai (épisode sanglant des grandes grèves de Shanghai) et fonde son propre gouvernement à Nankin. Début de la « décennie de Nankin ». Publication des trois premiers tomes des *Œuvres complètes* de Yu Dafu ainsi que de son *Journal*. Yu Dafu enseigne l'allemand à la faculté de droit de Shanghai et rencontre en *janvier* sa deuxième femme, Wang Yingxia, qu'il épouse à Yokohama durant l'*été*. Leur relation tourna à l'exhibitionnisme à la suite de la publication par l'auteur des détails de leur vie intime. Le *15 août*, Yu Dafu se retire de la société Création. Il va néanmoins écrire de nombreuses nouvelles et songe déjà à *Une femme sans volonté*.

1928. Organisation par Chiang Kai-shek de la seconde expédition vers le Nord. Yu Dafu se rapproche de Lu Xun et édite en collaboration avec lui le mensuel *Torrent*, dans lequel il publiera de nombreuses traductions. Il édite plusieurs revues, dont *Littérature de masse*. Publication des tomes IV et V de ses *Œuvres complètes*.

1929. Le parti nationaliste (Guomindang) considère Yu Dafu comme un intellectuel de gauche. Il enseigne à l'université de l'Anhui.

1930. Fondation d'une Ligue des écrivains de gauche pour tenter de concilier les différends qui opposent une littérature « prolétarienne » à une littérature moins engagée idéologiquement. Yu Dafu se retire très vite de cette ligue, dont certains membres lui reprochent son trop grand individualisme. Parution du tome VI de ses *Œuvres complètes*.

1931. Les Japonais envahissent la Mandchourie.

1932. Attaque japonaise sur Shanghai. Création de l'Etat du Mandchoukouo. Yu Dafu publie *Une femme sans volonté* ; la nouvelle est aussitôt censurée. Parution du tome VII de ses *Œuvres complètes*. Période très créative pour l'auteur. Inflexion dans son œuvre : il s'attache davantage à des textes poétiques, descriptifs, et à des carnets de voyage. Retour vers une écriture plus classique.

1932-1935. Yu Dafu s'installe à Hangzhou avec Wang Yingxia ; au cours de ces trois années, il écrit ses dernières nouvelles connues.

1934. Début de la Longue Marche.

1935. Mao Zedong est rétabli dans ses fonctions de chef du parti communiste.

1936. Un temps conseiller du gouvernement local du Fujian, Yu Dafu collabore à de nombreuses publications journalistiques. Il fait paraître ses carnets de voyage, *Voyage de Dafu*.

1937. Les Japonais s'emparent de toutes les grandes villes du Nord de la Chine.

Fondation à Yan'an, base arrière des communistes chinois (confins du Shenxi, du Ningxia et du Gansu), du gouvernement soviétique de Yan'an.

1938. Fuite à Singapour, où il devient éditeur en chef de plusieurs journaux.

1940. Divorce officiel avec Wang Yingxia, qui défraie la chronique. Yu Dafu devient responsable des organisations des intellectuels anti-Japonais.

1942. *Intervention aux Causeries sur la littérature et sur l'art* de Mao Zedong à Yan'an, texte doctrinal fondamental de la « littérature révolutionnaire », destinée à supplanter la « révolution littéraire ». Singapour tombe aux mains des Japonais en *février* ; Yu Dafu fuit à Sumatra, où il s'installe sous un faux nom, Zhao Lian.

1943. Pour tromper la vigilance des Japonais, il se marie avec une jeune émigrée chinoise ne parlant que le malais. Il aura deux enfants d'elle.

1945. *14 août* : capitulation du Japon ; *29 août* : arrestation de Yu Dafu par la police japonaise ; *17 septembre (?)* : un mois après la reddition du Japon, Yu Dafu est secrètement exécuté par la police militaire japonaise, selon quelques témoignages, sous serment, de criminels de guerre. Son corps ne sera jamais retrouvé.

RIVIÈRE D'AUTOMNE

et autres nouvelles

Une femme sans volonté

A Yingxia[1]*, mon adorée, avec tout mon respect.*
Dafu, mars 1932.

1

Elle s'appelait Zheng Xiuyue. Au début des cours, à l'appel de son nom, tous les regards des élèves de la classe convergeaient vers son visage ovale au teint de pêche pour s'y arrêter un instant, à telle enseigne que plusieurs élèves assises devant elle, trop absorbées à la regarder, en oubliaient de répondre « Présente ! ». Certains jeunes professeurs ne pouvaient également s'empêcher de lever furtivement les yeux du registre, comme des rapaces enflammés, pour observer ses deux lèvres vermeilles, son nez droit et ses yeux noirs comme la laque. Les élèves portaient toutes le même uniforme, mais sur elle l'ensemble s'accordait parfaitement au rose du visage et des mains : le léger chemisier bleu étroitement serré sur sa taille, le plissé parfait de sa courte jupe

1. Il s'agit de Wang Yingxia, deuxième épouse de l'auteur, avec laquelle il se maria durant l'été 1927 à Yokohama. Il entretint avec elle une relation fort complexe jusqu'à leur séparation définitive, en mars 1940.

noire et ses chaussettes blanches sur ses longues jambes rondes.

Quoique certaines des élèves fussent sensiblement plus âgées qu'elle, Xiuyue était toujours parmi les cinq ou six premières en gymnastique. Sur sa droite, plusieurs grandes perches la dépassaient d'une demi-tête. D'autres étaient fortes et imposantes, tels les protecteurs du Bouddha[1] sur le seuil des grands temples. Celles qui se trouvaient sur sa gauche semblaient encore plus étranges et disgracieuses : d'aucunes, de taille plus modeste et plus âgées, évoquaient ces sorcières des contes de fée européens…

Au début du second semestre qui suivit les vacances d'été, Xiuyue bénéficia d'un nouveau classement. Septième admissible lors du concours d'entrée, elle avait, contre toute attente, été reçue première à l'examen de fin de semestre.

Cette année-là, l'été avait été accablant et, quand arriva la rentrée de septembre, on suffoquait encore sous les dernières chaleurs. Le deuxième samedi qui suivit la reprise des cours – c'était l'après-midi –, Xiuyue se changea et, serrant sous son bras un petit sac qui contenait livres et cahiers, elle vint trouver refuge sous l'ombre des arbres à l'entrée de l'école. Dans la cohue des élèves s'interpellant bruyamment, des

1. Ces divinités secondaires appartenaient à l'origine au panthéon hindou et apparaissent de part et d'autre de l'entrée principale des temples rattachés au bouddhisme mahâyâna, dit du « grand véhicule ». Elles sont en quelque sorte les génies protecteurs et les gardiens du temple.

pousse-pousse et des passants circulant en tout sens, elle cherchait du regard le pousse qui devait la ramener chez elle.

Beaucoup d'élèves étaient déjà parties dans les éclats de rire ; les pousse qui attendaient devant la porte de l'établissement se firent plus rares, mais celui à monture de capote en acier laquée de frais que louait sa famille[1] n'était toujours pas arrivé. Au-dessus d'elle, le soleil ardent transperçait l'ombre des feuillages. Elle reconnut plusieurs personnes qu'elle salua et avec qui elle fut obligée d'échanger quelques mots, attendit encore le pousse, mais rien ne vint. Quand elle eut perdu tout espoir, son visage se couvrit de gouttes de sueur et deux cernes humides apparurent sous ses bras. Elle fronça légèrement les sourcils ; au moment où elle allait retourner à la loge du concierge pour discuter, elle entendit dans son dos une voix claire :

« Zheng Xiuyue, pourquoi n'es-tu pas encore partie ? »

Levant les yeux vers l'obscurité de la porte, elle reconnut immédiatement les traits limpides et charmants du maigre visage de Feng Shifen, qui était sa voisine en classe.

« Notre pousse n'est toujours pas arrivé !

— Laisse-moi te raccompagner, on peut très bien s'asseoir à deux. Où habites-tu ?

1. Le détail a son importance : si la capote a une monture en acier, c'est un signe de modernité et de richesse, car d'ordinaire les capotes avaient des montures en bambou.

— Derrière la stèle des Fleurs-de-Prunier, et toi ?

— Parfait, j'habite la ruelle de la Paix ! »

Xiuyue eut un instant d'hésitation mais se laissa finalement convaincre par l'aimable proposition de Shifen.

Toutes deux ne passaient vraiment pas inaperçues en classe. Shifen avait été reçue première lors de l'examen d'entrée, mais elle n'avait été classée que deuxième aux examens d'été. Leurs moyennes respectives ne différaient que d'un point et quelques dixièmes, et Xiuyue soupçonnait Shifen de la jalouser un peu. Aussi, depuis dix jours que le semestre avait commencé, Xiuyue n'avait pas osé se montrer trop amicale envers elle, bien qu'elles fussent toujours ensemble, en classe, au réfectoire, au dortoir ou en salle d'étude. Pleine de bon sens, Shifen était dotée d'un caractère bienveillant mais elle gardait ses distances. Bien qu'elle n'éprouvât pour Xiuyue aucune animosité, elle ne ressentait pas l'envie d'établir trop rapidement des relations plus profondes. Rentrer ensemble leur offrait ainsi l'occasion de lever ce malentendu qui n'avait pas de raison d'être.

Tandis qu'elles grimpaient ensemble dans le pousse en se tenant la main, Li Wenqing les observait en cachette, debout dans la loge du concierge. C'était une étudiante en deuxième année, de grande taille et de forte carrure, dont les traits massifs et hommasses étaient mouchetés de sombres taches de rousseur. D'ailleurs, quand elle se rendait chez le tailleur pour faire confectionner son uniforme d'élève, on lui réclamait immanquablement le double du prix, car sa très grande taille exigeait à la fois davantage de main-d'œuvre et de tissu. Quant à sa voix, son timbre enroué et sonore ressemblait à celui de Xu Qiansui interprétant *Entrer deux fois au palais*[1]. D'origine aisée, elle portait sur son nez camus des lunettes cerclées d'or que lui enviaient les élèves de la petite bourgeoisie sans le sou. Lors de son arrivée à l'école, ses deux mains exhibaient de grosses bagues en or, mais, la surveillante de l'internat lui en ayant fait la remarque, elle les avait finalement ôtées de mauvaise grâce en soupirant : « Qu'est-ce que ça peut faire, je vais les enlever, et voilà tout ! » C'était une élève studieuse dont les lectures romanesques, telles que *Le Prunier qui refleurit*[2] ou encore *Peinture des dix beautés*[3], restaient très classiques. Ses plus récentes demeuraient dans le registre des romans sentimentaux de l'école des « canards mandarins et papillons[4] ». Elle avait pour mérite de n'être vraiment

1. La pièce fait partie du répertoire de l'opéra de Pékin. Xu Qiansui est donc un interprète d'opéra classique.

2. Roman écrit sous les Qing (1644-1911), qui traite d'une très classique histoire d'amour.

3. Il s'agit ici sans doute d'un ouvrage traitant des *Dix Tableaux de beauté féminine*, œuvre du célèbre peintre Tang Yin (1470-1523), qui vécut sous la dynastie des Ming. Après avoir été exclu des examens impériaux pour tricherie, celui-ci devait devenir l'image du peintre rebelle, grand buveur et jouisseur de la vie.

4. Littérature en vogue dans les milieux populaires à compter de la fin de l'empire, entre 1911 et 1917. Diffusée principalement dans les grands centres urbains, cette littérature connut un grand succès commercial. Cette école portait l'appellation exacte d'« école

pas regardante sur l'argent et d'entretenir avec les autres étudiantes de nombreux liens amicaux.

De son poste d'observation, elle vit, stupéfaite, Xiuyue et Shifen monter dans le pousse, qui s'éloigna de la bordure du fleuve sous les rayons du soleil. Alors, elle se mit à claquer les lèvres de façon très masculine en murmurant :

« Pff ! Elles me font bien rire, ces deux péronnelles ! »

A l'instar d'un animal sauvage, son visage laissa paraître un rictus grimaçant, et le vieux concierge, l'ayant vu, trouva la scène très cocasse :

« Eh bien, Wenqing, pourquoi ne cherches-tu pas à être leur amie ? » lui demanda-t-il d'un air moqueur.

A ces mots, Wenqing, rouge pivoine malgré ses taches de rousseur, partit d'un grand ricanement viril puis, tournant les talons, très martiale, elle s'en retourna à grands pas vers le dortoir.

2

La ruelle de la Famille-Xie se trouvait à l'ouest de la stèle des Fleurs-de-Prunier ; on y avait bâti

---

du samedi des canards mandarins et papillons », car ces romans étaient publiés, entre autre, dans la revue *Samedi*. D'abord écrits en langue classique, ils commencèrent à être publiés en vernaculaire autour du mouvement du 4 Mai 1919. Pour l'essentiel, il s'agissait de fictions sentimentales dans lesquelles les amoureux, forcément inséparables, étaient traditionnellement symbolisés par des couples de canards mandarins et de papillons. On peut retenir les auteurs suivants comme représentatifs du genre : Xu Zhenya, Wu Shuangre, Li Dingyi… Wenqing s'adonne donc à des « lectures de gare ».

plusieurs maisons modernes, avec trois pièces orientées au sud dont chacune possédait un petit jardin sur rue et sur cour. Sur la porte de la quatrième maison, près du mur noirci, était clouée une plaque en cuivre sur laquelle on pouvait lire *Zheng de Quantang*[1]. Là vivait retiré Zheng Qufei, le vieux père de Xiuyue.

La première femme de Zheng Qufei lui avait donné un fils alors qu'il approchait de la cinquantaine. Elle était morte d'un mauvais rhume contracté après l'accouchement, et Zheng Qufei était resté seul sans se remarier pendant près de dix ans. Au cours de son existence d'ermite, il lui avait fallu traverser bien des vicissitudes, mais jamais il n'avait perdu son poste. Dans un premier temps, il avait occupé à deux reprises la charge de chef de district dans la province du Fujian. Relevé de ses fonctions, il n'était pas resté six mois inactif. Un de ses bons amis, qui avait obtenu, deux ans avant la chute de l'empire[2], un poste très important dans la province du Jiangsu, l'avait alors fait revenir aux affaires. Il avait pendant un an occupé le poste de secrétaire d'un haut fonctionnaire puis, toujours sur la recommandation d'un vieil ami, il avait été nommé, contre toute attente, au poste très lucratif de préfet de la ville de Yangzhou. Cet homme plutôt affable

1. Nom du quartier d'origine du père de Zheng Xiuyue, situé à Hangzhou.

2. C'est-à-dire en 1909, puisque l'empire céda la place à la république en 1911.

et de nature indécise était parvenu, pressé par ses collègues, à mettre fin à ses dix années de vie monacale et, peu de temps avant son remplacement, avait pris pour épouse une jeune femme de Yangzhou très autoritaire. Dix mois à peine après ce mariage, Xiuyue était venue au monde. Elle n'avait pas encore un an quand son demi-frère, étudiant dans une école de Shanghai, fut atteint du choléra avant les examens d'été. Quelques jours plus tard, il devait mourir à l'hôpital.

Homme d'âge avancé, Zheng Qufei avait éprouvé une immense douleur à la mort de son fils et avait sombré dans un grand abattement. Après s'être retiré de toute fonction officielle à Yangzhou quand la république fut instaurée, il avait refusé dès lors de pratiquer courbettes et flatteries. Emmenant avec lui sa charmante épouse et sa fillette, il était donc revenu s'établir sur sa terre natale, Quantang à Hangzhou. Sa réussite aux examens impériaux lui avait permis de devenir quelqu'un dans la vie ; aussi restait-il très attaché aux règles concernant le respect des ancêtres, et jamais il n'aurait osé contrevenir aux usages. Il avait mis un terme à toutes ses fonctions publiques, et les quelques économies de son traitement de fonctionnaire suffisaient à assurer aux siens une existence ordinaire.

Dans ces années-là, avec les changements politiques, les exactions des seigneurs de la guerre[1], la

---

1. Appellation des différents chefs des cliques militaires qui se disputèrent, entre 1916 et 1928, l'héritage du président Yuan Shikai

Chine connut un tourbillon incessant de désordres et de calamités, tant sur le plan intérieur qu'extérieur. Cependant, Xiuyue grandissait : tout en grâce et en beauté, elle avait réussi parmi les meilleures aux examens d'entrée de cette école renommée de Hangzhou.

Le pousse de Shifen la ramena devant sa porte et Xiuyue, la tirant par la main, l'invita à venir partager avec elle une légère collation. La mère de Xiuyue fut très heureuse quand elle vit sa fille accompagnée d'une camarade de classe.

« Notre tireur de pousse vient d'attraper la rougeole, il est reparti chez lui après le déjeuner, lui dit-elle aussitôt. Nous avons tenté en vain de joindre l'école au téléphone et, quand nous avons enfin réussi à les avoir, le concierge nous a dit que vous aviez quitté l'école ensemble et que vous rentriez avec le pousse de la famille Feng. »

Shifen échangea avec les parents de Xiuyue quelques mots, où elle fit preuve d'une grande vivacité d'esprit, puis Xiuyue la convia à venir dans sa chambre, située dans la pièce est. Elles ne virent pas passer les deux ou trois heures qui s'écoulèrent comme un songe au milieu des discussions, des rires et des petits goûters. Ainsi se déroula l'après-midi, jusqu'à ce que disparaissent

en imposant par la force leur administration dans les provinces qu'ils dirigeaient pour tout ou partie. La militarisation et le morcellement de la Chine entraînèrent une longue période de troubles sur le plan politique, économique et social. Quant au pouvoir central, il devait demeurer instable et précaire. C'est une période qui s'apparente à une forme de guerre civile.

à l'ouest les derniers rayons du soleil. Shifen pria expressément Xiuyue de venir chez elle passer un moment le samedi suivant puis, montant prestement en voiture, prit congé.

La famille Feng demeurait ruelle de la Paix. Elle avait autrefois fait partie des familles de mandarins de Hangzhou mais, après l'écroulement de l'empire, en quelques générations elle n'avait plus compté parmi les siens un seul fonctionnaire de haut rang. Outre Shifen, déjà grande, la famille comptait deux jeunes frères. Ils possédaient peu de biens ; le père était mort deux ans plus tôt, en pleine force de l'âge, tandis qu'il se trouvait en poste à Hanyang. Shifen menait donc auprès de sa mère une existence modeste, assez comparable à celle de Xiuyue. Sa famille rappelait surtout ces vieilles lignées de Hangzhou qui, attachées par tradition à maintenir une façade de puissance et de richesse, étaient de toutes parts attaquées, dominées et opprimées par la bourgeoisie montante, sans oser lui résister.

De retour chez elle, après avoir essuyé de menus reproches pour son retard, elle dit à sa mère :

« Aujourd'hui, je suis allée m'amuser deux heures chez une camarade de classe qui s'appelle Zheng Xiuyue. C'est pour ça que je suis un peu en retard. J'ai trouvé leur maison beaucoup plus agréable que la nôtre.

— Hélas ! répondit sa mère. L'homme ne sait jamais se contenter de ce qu'il a ! En toute chose, nous devons nous satisfaire de notre sort et de notre condition. Si ton père n'était pas mort, pourquoi serions-nous revenus ici habiter cette vieille bâtisse ? La maison à l'occidentale que nous avions sur le fleuve à Hanyang ne valait-elle pas toutes celles du monde ? Tout émane des décrets du Ciel, que dire de plus ! »

Tandis qu'elle parlait ainsi, les yeux baignés de larmes, elle avait détourné ses regards vers le portrait de son défunt mari accroché en hauteur, au milieu du mur de la pièce. Ayant entendu les paroles douloureuses de sa mère, Shifen contint sa joie d'avoir passé l'après-midi avec une nouvelle camarade. Toutes deux restèrent un moment silencieuses.

« Mère, ne vous méprenez pas, dit alors Shifen, je ne suis pas d'un naturel envieux, et vous le savez parfaitement. Mais cette façon que vous avez de rappeler constamment la mort de père n'est pas très juste. A quoi bon ruminer sur les choses du passé ? Pourquoi nous, vos enfants, ne ferions-nous pas quelque chose de nos vies ?

— Ah ! Tu nourris une telle ambition, puisses-tu ne pas ruiner la réputation de notre famille ! »

Ses paroles furent brutalement interrompues par les pas des deux garçons, qui résonnèrent à l'extérieur. Ils n'avaient pas encore franchi la porte latérale qu'ils s'écrièrent :

« Maman ! Pourquoi le pousse n'est pas venu nous chercher aujourd'hui ?

— Oui, maman ! Pourquoi le pousse n'est pas venu nous chercher aujourd'hui ? »

Deux garçons au visage espiègle, sensiblement du même âge, douze ou treize ans, firent alors irruption. Ils avaient les traits fins et harmonieux comme leur sœur et nul ne pouvait ignorer en regardant leurs yeux immenses que ces enfants avaient tous été mis au monde par cette veuve à l'élégance raffinée.

Après avoir posé leurs cartables sur la table, ils s'approchèrent de leur sœur et lui demandèrent, tout sourire, en la tirant par la main et en levant les yeux vers elle :

« Grande sœur, tu nous as ramené quelque chose aujourd'hui ?

— Oui, tu nous as ramené ces petits gâteaux à la crème de samedi dernier ? »

L'agitation de ces deux anges, étrangers à la conversation qui venait d'avoir lieu, eut raison de l'atmosphère pesante qui régnait dans la pièce quelques instants auparavant.

S'efforçant de sourire, Mme Feng mit la main à sa poche pour en retirer quelques sapèques et, faisant mine de les gronder, leur dit :

« Allons, du calme ! Prenez ces sous pour aller vous acheter un gâteau ! »

3

Tandis que l'automne avançait, l'amitié de Xiuyue et Shifen connut, à l'instar des fruits du jardin ou de l'herbe sur la colline, la pleine maturité de l'âge d'or. Il n'est pas besoin de préciser que, pendant les cours, les repas ou l'étude du soir, elles étaient toujours ensemble. Il leur était même devenu impossible de se séparer un instant quand elles dormaient ou se promenaient. A l'origine, leurs lits respectifs, qui se faisaient face, étaient séparés par un passage. Or, ce passage leur semblait comme la Voie lactée[1] et elles se plaignaient chaque soir de la difficulté qu'il y avait à le traverser rapidement, après la ronde de la surveillante. Xiuyue eut alors une idée : elle se mit d'accord avec une élève dont le lit était près du sien pour qu'elle change sa place avec Shifen. Ainsi, la journée, quand la moustiquaire était relevée, leurs deux lits semblaient dos à dos mais le soir venu, quand on refermait soigneusement l'entrée de la moustiquaire, il leur suffisait de relever le voilage à la tête de leurs lits pour passer d'une place à l'autre en toute liberté.

Chaque samedi soir, si Xiuyue n'allait pas dans la famille Feng, c'était Shifen qui venait passer la nuit chez les Zheng. A plusieurs reprises, elles ne voulurent même pas rentrer chez elles le samedi, car Xiuyue refusait d'abandonner Shifen un seul instant.

1. La fête qui a lieu en Chine le septième jour du septième mois lunaire s'appelle la fête du Bouvier et de la Tisserande. Il s'agit d'une fête des femmes et des amoureux. En effet, le Bouvier et la Tisserande sont deux étoiles situées de part et d'autre de la Voie lactée, associées à un couple d'amoureux qui, cette nuit-là, peut se retrouver grâce à un pont formé par des pies. (Voir Jacques Pimpaneau, *Chine, mythes et dieux*, p. 153-181.) Ici, la référence implicite à ce mythe populaire évoque la séparation forcée de deux personnes qui s'aiment, semblable au Bouvier et à la Tisserande.

Xiuyue était une enfant très douce, mais sa passion devint telle que, séparée cinq minutes de Shifen, il lui semblait être délaissée du monde entier. Alors, gagnée par un inexprimable sentiment de vide, elle souffrait tant que les larmes lui venaient. Mais quand elles étaient ensemble, elles se moquaient bien qu'on les vît ou non, en classe ou sur leur lit, toujours à se regarder, à se tenir par la main ou à se toucher. Cependant leurs relations s'arrêtaient là car elles n'imaginaient pas qu'il pût y avoir d'autres gestes.

Bien sûr, le dortoir bruissait de rumeurs qui leur parvenaient, entre autres que Li Wenqing aimait par-dessus tout partager sa couche avec quelqu'un, qu'elle se mettait entièrement nue au moment du coucher et même, curieusement, qu'elle dormait avec une sorte d'objet enveloppé près d'elle[1] ; tout cela, elles l'avaient maintes fois entendu dire sans toutefois comprendre de quoi il retournait.

Quelque temps avant les examens, par une matinée fraîche au ciel serein, Xiuyue s'était sentie exténuée d'avoir autant travaillé avec Shifen pour les révisions. Après qu'eut retenti la cloche du réveil, Shifen eut beau la secouer pour qu'elle se lève, elle resta allongée en travers du lit sans bouger d'un pouce. Puis, prise d'un mal au ventre et d'une douleur dans les reins, elle eut envie

1. Le texte n'est pas plus explicite : allusion à un jouet sexuel, un godemiché ? On en saura toutefois davantage sur cet étrange objet plus loin dans le récit.

d'aller aux toilettes et supplia Shifen de l'attendre encore un peu pour qu'à son retour elles fassent leur toilette et aillent ensemble en cours. Un très long moment s'écoula avant qu'elle ne revienne en courant, blême, le regard empli d'inquiétude. A quelques pas du lit, elle se mit à crier d'une voix perçante et affolée :

« Shifen ! Shifen, c'est une catastrophe, c'est terrible ! Quand je me suis essuyée, le papier était couvert de sang, il y en avait énormément ! »

Shifen, dans un premier temps effrayée à l'idée que quelque chose de grave se soit produit, se mit à rire aux derniers mots de Xiuyue parce qu'elle était de deux ans son aînée… En effet, Xiuyue avait encore à peine quatorze ans ; lors de son inscription à l'examen d'entrée, elle avait caché son âge réel.

Désormais femme accomplie, elle eut de nouveau ses règles dix jours après à peine, quand elle fut rentrée chez elle après les examens.

Ses traits commencèrent à s'arrondir davantage, son teint de rose et de lys brilla d'un nouvel éclat ; on eût dit en l'observant un jade blanc moiré par un fin duvet. Elle ne pouvait plus porter un seul des cache-cœurs qu'on lui avait autrefois confectionnés car ses tours de taille et de poitrine avaient pris près d'un pouce. Elle qui n'avait jamais témoigné un grand intérêt pour sa toilette supplia son père de lui donner de l'argent pour s'acheter de nombreux vêtements et produits de beauté.

Quand elle allait par les chaudes journées se promener avec Shifen au bord du lac ou qu'elle faisait de la barque, elle prêtait désormais grande attention aux tissus et à la coupe des habits que portaient fils et filles de familles riches. Elle ne s'était jamais plainte de ses origines mais, dès lors, en son for intérieur, elle peinait à accepter un profond sentiment de pauvreté.

Shifen, plus vieille de deux ans, notait cette évolution jour après jour et, en toute occasion, elle lui prodiguait sans détour de précieuses leçons de morale. Ainsi, un jour qu'elles prenaient le thé au Reflet-de-la-Lune-aux-Trois-Etangs[1], elles virent descendre d'un grand bateau à quai un cortège de gens qui appartenaient à l'évidence à des familles de seigneurs de la guerre. Parmi eux se trouvait une jeune femme aux airs de courtisane, revêtue d'une robe chatoyante que l'on eût dit tissée de véritables fils d'or. Une grande pivoine blanche était brodée sur le devant et sur le dos de la robe, et, de loin, ces fleurs brillaient sous le soleil d'un éclat sans pareil. Elle était suivie d'un jeune garde du corps portant sur l'épaule une cape de velours noir, doublée de panthère noire. Après les avoir suivis du regard, Xiuyue ne put réprimer un léger soupir :

« Tous, nous sommes de la même chair, mais il faudrait vivre comme cette femme pour considérer ne pas avoir vécu en vain. »

Shifen discuta alors avec elle pendant deux heures. Elle disait que chacun était seul

---

1. Les trois petits étangs sont reliés par des ponts de l'île du lac de l'Ouest à Hangzhou.

responsable de sa vie, et qu'il valait mieux être pauvre et honnête que riche et tricheur. Les riches propriétaires terriens, tous ces capitalistes et seigneurs de la guerre s'étaient écartés du chemin de l'honnêteté, et leur richesse, ils la devaient à l'exploitation d'autrui. Au lieu d'accorder de l'importance à la beauté des vêtements, il fallait plutôt s'attacher à ce que grandissent en soi la force de caractère et une moralité sans faille. Il ne fallait pas regretter d'être pauvre et intègre : ceux qui paradaient devant les autres grâce à leur argent mal acquis étaient des gens méprisables. La vanité était un sentiment absurde et le premier pas de la déchéance pour une femme, elle était source de l'envie, et tout cela n'était que sentiments vils ayant pour origine le mépris des femmes pour elles-mêmes, leur manque de volonté d'indépendance et le fait qu'elles comptaient sur autrui pour vivre[1]. Nul ne pourrait jamais connaître le bonheur avec de telles considérations, car les richesses avaient été créées par l'homme ; aussi, si celui-ci ne maîtrisait plus les richesses et se laissait au contraire asservir par elles, était-il encore digne d'être considéré comme un être humain ?

Quand elle en eut fini, elle manqua pleurer d'exaltation, car elle comprenait trop bien qu'elle aussi était une jeune fille pauvre écrasée sous le joug des capitalistes et des riches propriétaires.

---

1. On notera l'ébauche d'une réflexion sur l'émancipation de la femme – et l'introduction du thème qui donnera son titre au roman (voir note de la page 187).

4

Arrivées en seconde année, Xiuyue et Shifen gardèrent la même place en classe, mais, cette fois-ci, Shifen fut première et Xiuyue seconde.

Il n'y avait pas un mois que les cours avaient repris, au second semestre, quand les lycées de filles de Hangzhou décidèrent ensemble de mettre sur pied un concours d'éloquence. Mais avant que n'ait lieu cette compétition, chaque établissement devait au préalable choisir ses représentants, et on organisa des éliminatoires. Les déléguées du lycée de Xiuyue élurent deux représentantes, Li Wenqing, élève en troisième année, et Feng Shifen. Mais seul un représentant par lycée était autorisé à concourir. Aussi, un samedi soir avant la compétition, les deux élues durent d'abord se soumettre à une joute oratoire, ayant pour thème « richesse et beauté » et arbitrée par deux professeurs de littérature de l'établissement. Li Dezhong, le premier professeur, avait obtenu son diplôme de bachelier sous les Qing[1]. Originaire de la province du Hubei, il avait en charge l'enseignement de la poésie et de la littérature classiques. Bien qu'il ne fût plus tout jeune – il avait dépassé la quarantaine –, il savait s'adapter, et l'on pouvait dire de lui qu'il appartenait à la nouvelle génération issue de l'ancienne société. Il enseignait la littérature classique sans conformisme, mais son

1. Dynastie régnante d'origine mandchoue, de 1644 à 1911.

style écrit en *baihua*[1] semblait aussi boiteux que la démarche d'une jeune fille dont on aurait libéré les pieds bandés. Il faisait lui-même ses choix de lecture et s'adonnait également à l'écriture. L'autre, Zhang Tang, était tout particulièrement chargé de l'enseignement de la nouvelle littérature rédigée en vernaculaire. Plus jeune, il prétendait devant les étudiantes n'avoir que vingt et quelques années, mais une observation attentive révélait des compétences quelque peu surprenantes pour un homme de cet âge. Originaire du Nord, le professeur Zhang, homme très brillant, se posait en bel esprit. Pendant plusieurs années, il avait vivoté au jour le jour à Pékin ; pourtant, sans qu'il fût jamais passé par une école, son style en langue classique n'en demeurait pas moins élégant. Il avait commencé par remplacer un de ses cousins éloignés, un ancien enseignant diplômé de l'université de Pékin, l'année où celui-ci mourut.

Ce soir-là, l'exposé sur la richesse et la beauté fut donc fait par Li Wenqing, qui devait en montrer les bienfaits, et par Shifen, qui viendrait réfuter

1. Langue vernaculaire. En filigrane, l'auteur évoque ici un enjeu intellectuel de l'époque : l'abandon de l'écriture en langue classique, le *wenyan,* au profit d'une écriture en langue orale, le *baihua.* Le *wenyan* (chinois classique) se caractérisait par une extrême concision de la langue écrite et avait été depuis toujours – à l'exception notable des romans des Ming – le style utilisé par les lettrés. Le *baihua* (vernaculaire) s'apparente à la langue orale. L'image des pieds bandés que l'on aurait libérés nous indique qu'affranchi de son écriture classique le professeur Li écrit dans un style boiteux. Après le mouvement d'émancipation littéraire du 4 Mai 1919, les écrivains de la nouvelle génération abandonneront définitivement l'écriture en *wenyan* au profit du *baihua.*

ses arguments. Pendant une heure, Li Wenqing fit ainsi un discours à la tribune, la voix rocailleuse, gesticulant telle un homme : « Rien n'est meilleur au monde que la richesse, dit-elle, et rien ne surpasse en horreur la pauvreté. Tout devient possible pour le riche : satisfaire ses envies, manger et s'habiller comme un prince. Avec son argent, il peut se payer tout ce qui n'est pas directement négociable par l'argent. La réputation, la personnalité, l'amour-propre et l'intégrité ne sont que chimères dont les pauvres usent comme seule source de joie. Le talent et l'instruction ? Vanité et paroles gonflées d'orgueil que les lettrés pauvres emploient à seule fin d'impressionner ! Le véritable talent, c'est de savoir exploiter les autres pour mieux amasser, et la vraie connaissance, c'est de gagner toujours plus d'argent par toutes sortes d'intrigues et d'abus. L'homme qui se soucierait seulement de piété filiale, de dévouement, de respect des rites et de droiture de cœur serait mort de faim depuis longtemps[1]. Avec de l'argent, on peut posséder la beauté jusqu'à pouvoir s'offrir une femme, si belle soit-elle. Il suffit d'être riche pour mettre chez soi ou sur soi les plus belles choses. Ainsi, sans argent, il est impossible de posséder la beauté, ce qui est affreux. »

La réponse qu'apporta Shifen tint en quelques principes qu'elle évoquait d'ordinaire avec Xiuyue. « Il faut d'abord mettre à bas les richesses

1. Sévère charge contre les principes qui prévalaient dans l'éducation de la Chine traditionnelle.

pour prévenir la pauvreté, dit-elle, car la propriété n'est qu'extorsion de voleurs et le capital n'a de sens qu'utilisé pour le bien commun. La beauté du caractère, du labeur, de la nature et de la tragédie l'emportera toujours sur la beauté physique, vestimentaire ou plastique. »

Bien que Shifen eût tenu des propos plus rationnels, ce furent pourtant la voix et l'attitude viriles de Li Wenqing qui reçurent les faveurs de l'auditoire. Toutes celles qui, à l'instar du professeur Li, étaient entichées de figures de rhétorique furent éblouies par les brèves allusions littéraires qu'elle était parvenue à glisser dans son exposé, « une beauté à éclipser la lune et faire blêmir les fleurs, un charme à faire noyer les poissons et choir les oies sauvages ». Après qu'elles eurent toutes deux concouru, quand le moment fut venu pour les deux arbitres de rendre leur jugement, une violente controverse éclata entre eux.

Le professeur Li se leva le premier pour dire que la gestuelle et l'élocution de Wenqing étaient remarquables et qu'elle remporterait assurément le trophée, aussi fallait-il décider de faire d'elle la déléguée de l'établissement. Il martela le mot « trophée » avec force et le répéta même par trois fois. Le professeur Zhang ne partageait pas du tout cette opinion car, pour lui, la réflexion de Shifen n'était pas dénuée d'intérêt. Leur échange d'arguments s'éternisa et le débat commença à s'envenimer.

Pour finir, le professeur Zhang en vint à affirmer que le professeur Li avantageait Li Wenqing pour la seule raison qu'elle partageait avec lui le patronyme Li. Le professeur Li ne se laissa pas démonter et affirma alors que Zhang n'admirait les positions subversives de Shifen que parce que lui-même était anarchiste. Zhang se mit alors en colère et déclara sans ambages que la vraie raison pour laquelle Li soutenait Li Wenqing, c'était parce que, la veille, elle lui avait offert dix boîtes d'Ambassade[1]. A ces mots, Li devint tout rouge et lui rétorqua qu'il ne se passait pas un jour sans que Zhang n'écrivît une lettre à Shifen, n'était-ce pas là la raison de son soutien ?

Les deux hommes, qui s'étaient calmement exprimés au début, durcirent ensuite le ton et, finalement, se mirent à frapper le pupitre et à donner du poing sur la table, à telle enseigne qu'ils semblèrent près d'en venir aux mains.

Les étudiantes qui écoutaient ces propos devant la tribune commencèrent toutes à prendre peur ; la tension était telle que pas une seule n'osait tousser. Quand, au plus fort du débat, les deux professeurs s'interrompirent quelques instants, on n'entendit plus que le léger sifflement de la lampe à essence accrochée dans la salle. Ce bref répit qui préludait à la tempête accrut encore l'effroi des deux cents auditeurs et, alors que celui-ci atteignait son paroxysme, Shifen se leva calmement en déclarant :

« Professeur Li, professeur Zhang, je ne puis débattre longuement pour des raisons de santé,

1. Marque de cigarettes, à l'époque mises dans des boîtes.

aussi j'abandonne bien volontiers l'honneur d'être notre représentante. De plus, je partage l'avis du professeur Li selon lequel Li Wenqing remportera à coup sûr le trophée, pour la plus grande gloire de notre école. Que toutes celles qui parmi nous me donnent raison se lèvent pour présenter nos hommages à notre déléguée Li et aux professeurs Li et Zhang ! »

Shifen s'était exprimée d'une voix calme, et ces quelques phrases courtes, claires et tranchantes lui valurent un élan de sympathie dans l'assemblée. Immédiatement, les élèves qui d'ordinaire étaient en bons termes avec Wenqing et la plupart de celles qui avaient bénéficié de ses largesses, ainsi que plusieurs autres sans idées préconçues, se levèrent unanimes. Pourtant, deux ou trois personnes de la classe de Wenqing refusèrent de suivre le mouvement général, l'air très irrité. C'était en vérité moins par esprit de contradiction ou d'opposition que parce qu'elles en voulaient à Wenqing de les avoir laissées tomber pour se tourner vers de nouvelles amitiés. Elles profitaient de cette occasion pour se venger.

5

Finalement, le professeur Li, en homme d'expérience, avait vu juste : en effet, Li Wenqing remporta la médaille d'or au concours d'éloquence qui réunit les lycées de Hangzhou. Li Wenqing devint alors d'un seul coup l'héroïne de toute l'école. Auparavant, tous adoptaient une attitude défensive ou moqueuse à son encontre mais, dès lors, même les élèves qui ne l'appréciaient pas cessèrent de la dédaigner. Cependant, le comportement d'enfant fier et joyeux qu'elle arbora après sa victoire la rendit très touchante aux yeux de tous.

Elle porta la médaille grosse comme une pièce d'argent de deux *mao*[1] chez un bijoutier, dépensa sans compter pour la faire sertir en médaillon, y ajouta quelques breloques et se mit à l'exhiber sur son uniforme du matin au soir. De loin, on aurait dit un téton ! Les premiers jours, on la voyait même pencher la tête pendant les cours pour mieux regarder sa poitrine. Les élèves un peu futées qui avaient remarqué son manège l'utilisaient constamment. Voulait-on qu'elle mît la main à la bourse pour inviter quelqu'un, il suffisait alors de courir vers elle pour observer ostensiblement cette médaille d'or en la prenant par la main. Tout sourire, elle ouvrait alors un large bec de tortue et, campée sur ses deux jambes, toute fière, la poitrine gonflée, elle vous laissait l'examiner. Et si vous ajoutiez à cet examen attentif quelques mots de louange en lui demandant de vous offrir quelque chose à manger, elle vous l'achetait. Mais, par la suite, quelqu'un voulut observer ainsi sa médaille chaque jour. Elle finit quand même par trouver ça un peu curieux.

1. *Mao* est le terme populaire pour *jiao* ; il représente le dixième de l'unité monétaire principale, l'équivalent de dix centimes.

« Mais enfin, tu n'en as pas assez de la regarder comme ça ? » le questionna-t-elle le plus sérieusement du monde.

A cette attitude pleine de satisfaction et d'arrogance, l'homme répondit par un immense et long éclat de rire. Enfin, il lui révéla la raison pour laquelle il aimait regarder la médaille. Cette révélation la froissa un peu et, par la suite, elle mit un frein à ses prodigalités.

La bonté particulière qu'elle manifesta à Shifen participa du même mouvement qui l'avait vue inviter tout le monde. En effet, elle avait le sentiment de ne pas devoir seulement son succès au soutien du professeur Li ; pour elle, sa victoire était étroitement liée au désistement de Shifen. Aussi, quelques jours après le concours, se rendit-elle chez Henry pour acheter une montre suisse plaquée or et sertie de diamants et, le soir après le dîner, elle alla trouver Shifen et Xiuyue au terrain de sport et sortit la montre d'un geste spontané pour l'offrir à Shifen en guise de souvenir. Shifen fut d'abord stupéfaite. Immobile, elle ouvrit de grands yeux incrédules en la dévisageant longuement. Xiuyue, abritée tel un poussin sous son aile droite, fut aussi très étonnée et, le cœur battant la chamade, elle devint écarlate. Depuis plus d'un an qu'elles fréquentaient la même école, jamais elles n'avaient encore eu l'occasion de discuter avec Li Wenqing, car elles étaient dans des classes différentes. En outre, une rumeur entourait Li Wenqing, et toutes celles qui avaient dormi avec elle devenaient l'objet du mépris des autres élèves. Enfin, elle était connue pour son inconstance et, où qu'elle aille, elle ne comptait que sur sa fortune et sur sa force physique pour se faire des amis, garçons comme filles. Longtemps, elles restèrent bouche bée après que Wenqing leur eut fondu dessus sans crier gare. Xiuyue se mit même à trembler comme une feuille.

Alors, passé ce moment de stupeur, Shifen déclara brutalement à Li Wenqing :

« Ecoute, ce cadeau est sans objet et je ne peux pas l'accepter. D'abord, nous n'avons jamais eu de rapport d'amitié, ensuite, si j'ai laissé tomber cette charge de déléguée, ça n'avait rien à voir avec toi, je l'ai fait de mon plein gré. »

Sur ces paroles fermes et sans appel, Shifen reprit sa marche, entraînant Xiuyue tandis que Li Wenqing, très vexée, les poursuivait en criant :

« Shifen, je n'ai aucune mauvaise intention, je t'en prie, accepte, je n'ai aucune mauvaise intention ! »

Elle les suivit encore mais Shifen, refusant de se retourner, ne souffla mot. Depuis longtemps déjà, le soleil s'était retiré derrière les monts et le ciel crépusculaire se faisait nuit. Shifen contourna le terrain de sport et revint avec Xiuyue en salle d'étude, sans savoir à quel moment Li Wenqing avait cessé de les suivre.

A peine une demi-heure plus tard, tandis qu'elles préparaient leurs devoirs du lendemain à la lumière des lampes, un vieux domestique du dortoir ouest fit irruption, tenant à la main une lettre et un écrin de cuir noir. Il déclara avoir été envoyé par l'étudiante de troisième année Li Wenqing.

L'indignation que venait tout juste d'éprouver Shifen une heure avant n'était toujours pas retombée.

« Remporte tout ça et dis-lui que je n'étais pas en étude, que tu ne m'as pas trouvée », lui répondit-elle sans l'ombre d'une hésitation.

Surpris, l'homme fixa un instant ce visage fermé.

« Mais Li Wenqing a ordonné que je le pose ici », reprit-il d'une voix hésitante.

A ses côtés, Xiuyue trouva la réaction de son amie tout à fait exagérée et lui souffla doucement ce conseil :

« Shifen, si en attendant tu le laissais poser ça ici pour y jeter un coup d'œil ? Et si tu veux le rendre, demande à un domestique de tout remporter demain, il sera encore temps ! »

Mais Shifen ne l'entendait pas de cette oreille et exigeait que tout fût rendu sur-le-champ tandis que Xiuyue, très intriguée, s'était saisie de l'écrin en cuir pour l'ouvrir et observer attentivement son contenu, les yeux brillants. L'homme posa la lettre sur la table et s'apprêtait à repartir quand Shifen lui cria de revenir :

« Attends, attends, remporte tout cela ! »

Xiuyue ressentit un tel engouement en voyant cette montre délicate dans son écrin qu'elle ne put en détacher ses regards.

« Tu ne crois pas qu'il serait plus simple d'ouvrir la lettre et de la lire, puis de rédiger demain une réponse qu'un serviteur remporterait avec la montre ? dit-elle à Shifen.

— Voilà une bonne idée, ainsi je puis retourner rendre compte à Li Wenqing », approuva le domestique, tout sourire.

Xiuyue reposa l'écrin et se saisit de la lettre pour la lire. Sur ce, Shifen n'eut d'autre choix que de laisser l'homme repartir, mais ajouta qu'elle enverrait dès le lendemain matin un domestique tout rapporter.

6

Grande sœur Shifen,

Les pêchers rosissent et les saules verdoient, les oiseaux chantent et les fleurs embaument, les senteurs s'exhalent, elles tapissent le sol à l'infini...

Un jour sans vous, c'est trois automnes pour moi, un automne sans vous, c'est à mes yeux des siècles. En ce lumineux printemps, je viens, chère sœur, louer votre constante vertu, digne de réjouissances et d'éloges. Seule la fortune me donna de remporter le trophée du concours. Cependant, puisque boire l'eau c'est songer à sa source, comment ne pas voir ici un cadeau venant de vous ? J'ai donc acheté cette clepsydre[1] *afin que vous mesuriez la fuite du*

1. « Clepsydre », et non « montre » puisque la lettre est rédigée en chinois classique. Li Wenqing utilise un terme de substitution pour évoquer la métaphore du temps qui fuit.

temps. Je vous en supplie : ne la refusez pas et gardez-la en souvenir. Mes intentions sont sincères et exemptes de toute vile pensée. Je fais le serment de nouer avec vous d'indissolubles liens et une amitié éternelle, exempts de toute arrière-pensée. Puissions-nous connaître le plaisir des poissons dans l'eau[1]*,*

Avec mes sentiments et respects les plus sincères,

Humblement, votre sœur,

Li Wenqing.

Après avoir pris connaissance de son contenu sans avoir clairement saisi la référence au plaisir des poissons dans l'eau, Xiuyue fut admirative et lut même deux fois de suite la lettre du premier au dernier mot. La correspondance qu'elle recevait d'ordinaire n'était rédigée qu'en *baihua*, dont elle trouvait toujours la lecture peu fluide[2]. La richesse stylistique de cette missive l'emportait sur l'expression de celles que lui glissait parfois en catimini quelque professeur[3]. Elle-même n'avait encore jamais rédigé de lettre

1. Zhuangzi (Tchouang-tseu), chap. XVII : « Regardez comme ces vifs-argents sortent et s'ébattent à leur aise ! Voilà le vrai plaisir des poissons ! »

2. La lettre est effectivement rédigée en *wenyan*, mais il faut se rappeler que la pratique de cette langue nécessitait des années d'étude. L'âge de Wenqing ne lui autorise qu'un *wenyan* un peu abâtardi dont l'auteur semble se moquer.

3. Manifestement, ce moyen d'approche semble être plus que répandu dans l'enceinte de l'établissement. Les professeurs Zhang et Li ne sont pas les seuls à user de tels procédés…

à quiconque ; mais les professeurs et les élèves de son lycée étaient connus dans tout Hangzhou pour l'excellence de leurs courriers. On se doutera que les étudiantes qui étaient amies s'envoyaient des lettres personnelles, mais le professeur Li Dezhong, petit homme replet de plus de quarante ans, au crâne dégarni et affublé de grosses lunettes à monture noire, envoyait régulièrement de tels billets aux étudiantes qu'il affectionnait. Quant au professeur Zhang Tang, grand échalas au visage jaune et aux cheveux longs, il n'était pas en reste. Lui aussi agissait de la sorte, bien qu'étonnamment distant en cours et redouté des élèves même si, après les classes, il recevait les étudiantes dans sa chambre et gémissait à n'en plus finir, étalant son mal de vivre et ses déboires familiaux. Mais pour ce qui était de l'écriture classique, cette lettre de Li Wenqing semblait infiniment plus intéressante que celles rédigées par les deux professeurs.

Xiuyue en était là de ses réflexions après sa lecture. La tête penchée, elle resta immobile et silencieuse un long moment. Assise à ses côtés, Shifen attendait patiemment qu'elle s'assoie mais, quand elle la vit ainsi, muette et sans réaction, elle l'interrogea en tapotant son épaule :

« Mais à quoi rêves-tu ainsi ? »

Xiuyue rougit, et lui tendit la lettre écrite sur papier chiffon[1] rose, qui n'avait dû atteindre une

1. Papier traditionnel à la texture fibreuse.

telle aisance et une telle élégance qu'après bien des brouillons[1].

« Lis, Shifen, dit-elle en souriant. Regarde comme c'est bien écrit ! »

Shifen repoussa la main de Xiuyue puis, détournant le regard et regardant les livres :

« A quoi bon lire ces bêtises ?

— Mais lis, c'est vraiment bien écrit ! J'ai déjà reçu beaucoup de lettres, mais jamais d'aussi joliment tournées ! »

Quand elle l'entendit parler ainsi, Shifen fit un brusque mouvement de tête et se tournant vers elle, lui répondit :

« Tiens donc, parce que toi, tu ouvres toutes celles que tu reçois ? »

Elle rougit de nouveau et dit d'une voix faible :

« Mais à quoi cela rimerait de ne pas les lire ? »

Shifen la regarda et, esquissant un sourire, se retourna pour ouvrir le petit casier de son bureau, saisit pêle-mêle tout un tas de lettres qu'elle lança sur le bureau.

« Tu veux lire ? J'en ai ici encore beaucoup d'autres ! »

Cette fois-ci, Xiuyue fut vraiment stupéfaite. Elle avait toujours cru être la seule, la seule dans toute l'école, à recevoir ces lettres curieuses. A plusieurs reprises, le courage lui avait manqué d'en

1. L'art épistolaire et la calligraphie sont étroitement liés, et toute missive se doit d'accéder à une certaine qualité non seulement du fond mais aussi de la forme : tout l'art de la séduction du billet doux est à ce prix.

parler à Shifen. Leurs échanges portaient davantage sur les cours ou les événements de la société ; pas une seule fois, elles n'avaient évoqué ensemble ces secrets un peu troubles. Depuis plus de six mois qu'elle et Shifen étaient intimes, elle venait enfin de prendre conscience que son amie aussi recevait du courrier. Passé ce premier moment d'étonnement, elle farfouilla dans la pile d'enveloppes vertes et rouges répandues sur le bureau et remarqua que les enveloppes n'avaient pas été décachetées ; certaines provenaient de professeurs ou d'élèves, d'autres de personnes inconnues, mais la plupart des expéditeurs lui avaient déjà écrit.

« Mais, Shifen, si tu ne les lis pas, alors pourquoi ne les brûles-tu pas ?

— Les brûler pour quoi faire ? Les seules que je brûle sont les lettres importantes.

— Je ne comprends pas, pourquoi justement celles qui sont importantes ? Et qu'est-ce qu'une lettre importante ? N'en est-ce pas une très joliment écrite ?

— Non, pas forcément, le style n'a pas grande importance à mes yeux. Tu prétends que ce billet de Li Wenqing est très bien rédigé, allez, fais voir si c'est si bien tourné que ça. »

Xiuyue lui tendit alors à nouveau le papier à lettres rose et, tandis que Shifen en découvrait le contenu, elle observait son visage en silence. Dès la première ligne, elle se mit à rire et, sa lecture achevée, elle s'esclaffa :

« Ah ! Ah ! Oui, effectivement, ce texte est superbe !

— Mais Shifen, comment cette lettre pourrait-elle ne pas être belle ? Et enfin, quel type de lettre aurait ton indulgence ? »

Levant les yeux vers la lampe, Shifen paraissait réfléchir et la dureté de son visage fit place à un air résolu. Elle détourna les regards et plongea la main dans la poche intérieure de sa veste doublée, dont elle retira, après quelques tâtonnements, une longue enveloppe blanche pliée avec soin qu'elle remit à Xiuyue.

« Pour moi, seules de telles lettres sont importantes ! » lui dit-elle.

Xiuyue s'en saisit pour la lire, plusieurs lignes écrites dans une langue étrangère recouvraient l'enveloppe, et les deux timbres rouge et vert étaient aussi d'origine étrangère. Seul le coin inférieur de l'enveloppe indiquait en chinois, tracé au stylo, *Mademoiselle Feng Shifen, résidence des Feng, ruelle de la Grande-Paix, Hangzhou, Chine.*

7

Berlin, fin février.

Petite camarade Shifen,

Cela fait trois ans que nous nous sommes quittés et nous nous sommes beaucoup écrit, mais cette lettre sera vraisemblablement la dernière que je t'enverrai d'Europe car, dans trois jours, je retourne en Chine en faisant un détour par la Sibérie.

J'étais en Suisse lorsque j'ai reçu ton courrier de la fin de l'an dernier. Effectivement, tu as progressé sur le plan idéologique et, depuis deux ans, je n'ai pas perdu mon temps à t'écrire pour t'éveiller l'esprit. Dès mon retour à Hangzhou, je te ferai connaître de nombreux amis afin de te rendre capable de contribuer à transformer la société. La plus grande oppression que subit la Chine actuelle provient de l'invasion des pays impérialistes, et la lie du féodalisme, les militaristes, les marchands étrangers et les compradores[1] *ne sont tous que les fidèles agents de l'impérialisme, et, tant qu'ils feront alliance avec les despotes locaux et les mauvais hobereaux, le peuple n'aura évidemment pas d'espoir d'émancipation. Mais le peuple s'est éveillé et le temps de la révolution approche. Canton s'est mis au travail : aussi ne resterai-je que quelques jours à Hangzhou avant de repartir vers le Sud participer à l'édification des fondements de la révolution.*

Cependant, les seigneurs de la guerre sont profondément enracinés ; il est à craindre que, pour un abattu, deux ne voient le jour. Actuellement, nous nous efforçons, au sein du Parti, de prévenir ces choses car les seigneurs de la guerre révolutionnaire sont infiniment plus redoutables que ceux de la vieille garde[2].

---

1. Les *compradores* étaient des commerçants qui servaient les intérêts d'occupants coloniaux ou néocolonialistes, dans les pays soumis à ces intérêts.

2. Il s'agit ici des combats idéologiques menés par le jeune parti communiste contre les différentes cliques des seigneurs de la

De nombreux amis m'accompagnent dans mon voyage, je m'arrêterai à Moscou un mois et pense être au plus tard de retour à Shanghai vers la fin de mai. Sois très studieuse, prends bien soin de ta santé, pour que je puisse voir, quand nous nous retrouverons, tes deux petites pommettes vermeilles.

Ton jeune oncle,

Chen Yinghuan.

Sa lecture achevée, Xiuyue resta hébétée car, bien que tout ne fût pas très clair pour elle, l'énergie que dégageaient ces quelques lignes bousculait son indolence et son caractère hésitant. Confuse comme si un géant lui était apparu en proférant, d'une voix encore plus puissante et éclatante que Li Wenqing : « Vous devez prendre conscience, vous devez faire la révolution, vous devez manger le pain noir du sacrifice ! », elle fixait la lampe, les yeux noyés dans le vague. Toutes ces opinions que Shifen partageait souvent avec elle avaient à l'évidence pour origine l'auteur de ces lignes.

Après lui avoir remis ce courrier, Shifen s'en était retournée lire tranquillement et, quand elle eut achevé de lire un paragraphe, elle leva les yeux vers elle. Elle vit alors que la lettre reposait sur le bureau et que Xiuyue ne soufflait mot, tout en fixant la lampe, l'air absent.

---

guerre, dont certaines, par le contenu même de leur discours, tendaient à vouloir couper l'herbe sous le pied des communistes.

« Alors, qu'en dis-tu ? »

Ces paroles la firent cligner des yeux plusieurs fois comme au sortir d'un rêve, et sur un ton sévère elle lui répondit : « Tu as bien de la chance d'avoir un oncle qui t'écrit si souvent. Qui est-ce, le frère de ta mère, quel âge a-t-il ?

— Oui, c'est le frère de ma mère, il a vingt-six ans.

— Où a-t-il fait ses études ?

— A Shanghai.

— Etudiant en lettres ?

— Non, des études techniques.

— Et depuis le temps qu'il t'écrit, tu ne m'as jamais parlé de lui ?

— Depuis six mois, ne t'en ai-je pas souvent parlé ?

— Mais enfin, tu n'as pas cité son nom une seule fois !

— Tout ce que je t'ai appris, c'est lui qui me l'a enseigné, et, si je ne t'ai jamais montré ses lettres ou fait mention de lui ou de ses origines, c'est parce qu'il s'agissait de choses personnelles sans aucun lien avec toi. En parler aurait servi à quoi ? Mais ses paroles importantes ou profondes, je te les ai presque toutes rapportées. »

Pendant qu'elles discutaient ainsi, l'heure du coucher arriva. Dès que retentit la sonnerie, l'étude ne fut plus qu'effervescence. Shifen rassembla toutes les lettres éparses et dissimula dans sa poche celle de son oncle. Toutes les autres furent glissées dans le casier de son pupitre avec le billet rose pâle et le petit écrin.

« Et la montre, tu en fais quoi ? interrogea Xiuyue quand elle eut remis en ordre les livres sur son pupitre.

— Je l'ai rangée dans le tiroir.

— Mais tu n'y penses pas, quelqu'un viendra l'y voler !

— Ce qui serait une bonne chose. Quoi qu'il en soit, dès demain matin, je la lui retourne. Il est tout à fait exclu que je pose la main sur ces cadeaux de hobereaux.

— Une montre qui a coûté plus de dix yuans[1], on ne peut pas dire que tu en fasses grand cas !

— Bon, eh bien cache-la pour moi quelque part et nous la lui rendrons demain matin. »

Ce soir-là, Shifen sombra rapidement dans le sommeil tandis qu'à ses côtés Xiuyue eut un repos agité. Elle ruminait sur l'oncle de Shifen, sur cette montre cachée pour son amie à la tête du lit et sur Li Wenqing, toute à sa convoitise. D'un côté, il y avait ce jeune homme au caractère pur et intègre qui, par ses nombreuses lettres, avait sur Shifen une grande influence. De l'autre, cette nantie qui pouvait sans difficulté se permettre d'acheter une montre à dix yuans pour l'offrir... Elle repassait toutes ces choses dans sa tête. Quand elle en eut fini, son insomnie s'était aggravée et elle sortit carrément la main hors de sa couverture pour ouvrir tout doucement l'écrin et en extraire la montre. S'en étant emparée, elle

1. Environ soixante-dix francs de l'époque (années 1920), ce qui représentait bien évidemment une très grosse somme d'argent.

la fit jouer entre ses doigts un moment, puis la fit glisser dans l'obscurité sous la couverture et l'attacha d'un geste hésitant à son poignet gauche.

« Ah là là… Si seulement c'était à moi qu'elle avait offert cette montre, comme je saurais la remercier ! »

Comme elle aurait été heureuse si elle avait possédé une telle montre ! Quand elle serait allée canoter au lac de l'Ouest, elle aurait pu discuter de l'heure et du prix avec les bateliers, et quand, en classe, elle aurait vérifié que la sonnerie de fin de cours allait bientôt retentir, elle en aurait tiré un tel réconfort ! A peine ces joies chimériques avaient-elles germé en elle que sa tension se relâcha et que ses yeux se fermèrent le plus naturellement du monde.

8

Tôt le lendemain matin, à l'heure du réveil, Shifen découvrit brusquement la montre au poignet de Xiuyue toujours endormie. Il faisait ce jour-là un temps propice à faire pousser les fleurs, une chaleur accablante sous une pluie fine ; Shifen se sentait infiniment lasse et elle sermonna longuement Xiuyue. Tant et si bien qu'à la fin elle pleura, Xiuyue aussi versa des larmes et, après s'être levée, se proposa d'aller rendre cette montre à sa propriétaire et de lui dire le fond de sa pensée.

Mais quand elle eut vu Wenqing et après qu'elle lui eut rapporté les paroles que Shifen lui avait enjoint de dire, Wenqing la lorgna stupidement et, toute rougissante, Xiuyue baissa la tête sans plus prononcer un mot. Wenqing prit alors immédiatement sa main dans la sienne et lui murmura :

« Puisque Shifen n'apprécie absolument pas les faveurs qu'elle reçoit, je ne saurais lui faire ce cadeau. Mais, depuis toujours, je suis ainsi faite que jamais je n'éprouve l'envie de reprendre ce que j'ai offert. Les choses étant ce qu'elles sont, je te prie donc d'accepter cette montre et qu'elle devienne dès lors un souvenir de moi. Mais il faut tenir Shifen écartée de cette affaire, sinon elle voudra absolument y mettre son grain de sel. »

Xiuyue inclina la tête et rougit de confusion car ces paroles de Wenqing la contentaient tout en l'effrayant, et elle ne savait au juste comment y répondre. Quand Wenqing vit sa gêne, elle eut grande envie d'en rire mais, prenant le petit étui de cuir noir posé sur la table, elle le fourra dans la poche de Xiuyue tout en serrant fort sa main potelée. Elle se pencha vers elle et lui souffla à l'oreille :

« Le cours va bientôt commencer, cours vite ! Par la suite, nous pourrons nous écrire. »

Elle la poussa fermement vers la sortie et Xiuyue manqua de trébucher sur le bord de la marche en pierre.

Titubante, elle s'arrêta, toujours assaillie par le doute. Elle réfléchissait au fait qu'à compter du moment où elle acceptait la montre elle ne pourrait plus regarder en face Shifen, qui possédait un cœur noble aux sentiments purs. Mais elle se disait aussi qu'il lui était tout à fait impossible de rendre cette montre sans autre forme de procès. Tandis qu'elle se trouvait écartelée entre ces choix, l'heure vint résoudre son dilemme car la cloche fixée sur le mur extérieur de la grande salle retentit, annonçant le début des cours. Elle continuait cependant à tergiverser, campée sur les marches, quand Wenqing, ses manuels à la main, franchit la porte de lune[1] d'un pas décidé, et répéta ces mots à l'oreille de Xiuyue en la frôlant :

« Désormais, écrivons-nous ! »

Xiuyue vit que Wenqing était déjà partie et n'eut d'autre choix que de courir en salle d'étude, où elle ne trouva pas trace de Shifen ni de ses livres. Elle sortit précipitamment la montre de son étui et la dissimula sur elle, dans la poche intérieure de sa chemisette. Quant à l'étui vide, elle le glissa au fond de son casier puis, s'emparant de ses manuels, elle courut à toutes enjambées vers la salle de classe. Elle s'assit à sa place pendant que le professeur faisait l'appel.

« Et la montre ? » la questionna doucement Shifen.

Xiuyue eut un frisson d'hésitation mais lui répondit, tout aussi doucement :

« Je la lui ai rendue. »

Dès ce moment, Wenqing se mit à écrire chaque jour des billets secrets à Xiuyue qui, lorsqu'elle

1. Porte de communication entre deux cours, en arc outrepassé, caractéristique de l'architecture chinoise.

découvrait ces mots raffinés où se mêlait « le vert des saules aux fleurs de pêcher[1] », avait le cœur quelque peu touché ; cependant, pas une seule fois elle ne lui fit de réponse, car Shifen se trouvait toujours à ses côtés.

Ce concours d'éloquence avait fourni l'occasion à Shifen et Wenqing d'établir des liens plus étroits mais, en même temps, il avait été l'origine de la haine féroce que se vouaient à l'école les professeurs Li et Zhang.

Li ne cessait pendant les cours de tenir des propos insultants sur le professeur Zhang. Il disait que Zhang, cet homme pervers et adepte du partage des femmes, avait usurpé son titre de professeur de « nouvelle littérature[2] », qu'il jouait le damoiseau de l'école des décadents[3] pour mieux

---

1. Citation poétique qui tire son origine d'une autre expression en quatre caractères, dont le sens originel est « le vert des saules se mêle à l'incarnat des fleurs » et qui renvoie à l'image d'un printemps splendide. Ici, la pêche suggère la symbolique du mariage et de la longévité, sans doute pour mieux exprimer à Xiuyue la passion amoureuse que Wenqing ressent.

2. Il n'était donc pas apte à professer l'enseignement de ladite nouvelle littérature, c'est-à-dire celle rédigée en *baihua*.

3. En chinois, *tuifeipai*. Voici l'explication que donne de ce mouvement l'encyclopédie chinoise *Ci hai*. « Du mot latin *decadentia*, ayant pour sens originel l'avilissement, la décadence. Dans la seconde moitié du XIXe siècle, cette école littéraire traduit le caractère indécis et dépressif de quelques intellectuels occidentaux. Au tout début, elle se manifeste dans l'œuvre du poète français Charles Baudelaire et dans la critique que fit Théophile Gautier des *Fleurs du mal* en 1868. Elle prône l'"art pour l'art" et revendique la totale opposition de l'art à l'état de "nature". Sur le plan stylistique, elle insiste sur un haut degré de technicité, et ses thèmes s'orientent vers l'étrange et l'insolite. Elle revendique l'individualisme, le pessimisme et la psychologie des anormaux. Elle trouvera ses

gagner les faveurs de ces dames mais qu'il avait inventé ses diplômes, puisqu'en vérité le seul diplômé de l'université de Pékin était un de ses cousins. Pour finir, il en vint à répandre que dans son pays natal du nord, Zhang possédait plusieurs femmes et déjà une flopée d'enfants.

Zhang, quant à lui, tenait aussi en cours des propos insinuants et injurieux sur le compte de Li.

« Mais, disait-il, je suis parfaitement diplômé de l'université de Pékin, et puis je n'ai que vingt et quelques années, comment pourrais-je avoir plusieurs épouses ? Je n'ai qu'un garçon et une fille, peut-on dire qu'il s'agisse là d'une ribambelle d'enfants ? Ce professeur Li est décidément un type louche, d'ailleurs, tel mois tel soir, je l'ai aperçu fort tard qui pénétrait dans la chambre trente-six d'un certain hôtel en compagnie de Li Wenqing. Et puis, sa pratique du *baihua* est très rudimentaire et je me demande bien par quel miracle des gens dont le *baihua* écrit est si médiocre peuvent comprendre quelque chose à la littérature en langue classique… La raison pour laquelle il n'a jamais écrit la moindre ligne de prose ou le moindre vers en langue classique, c'est qu'il a pleinement conscience de ses insuffisances. J'avais un professeur, lettré hors pair en son temps, que vénéraient également Chinois et étrangers ; autrefois, je goûtais souvent la joie

développements ultérieurs dans les œuvres des mouvements symboliques et esthétiques » (*Ci hai*, Shanghai cishu chubanshe [yinsuo ben], 1999, p. 2232).

d'aller le visiter et j'observais les livres entassés dans sa bibliothèque qui, pour être de vieux ouvrages reliés à la traditionnelle[1], ne l'empêchaient pas moins d'exceller dans la rédaction en *baihua.* Aujourd'hui, que dire de Li, ce vieux crétin ? Que trouverions-nous d'autre dans sa bibliothèque que le *Discours savant sur les Lai de l'Est*[2], le *Miroir de la langue classique*[3], le *Commentaire sur la poésie des Tang*, les *Cent modèles de calligraphie ancienne*, l'*Art de la correspondance* ou le *Fleur en fiole d'or*[4] ? »

Tandis que jour après jour ils se lançaient leur venin, le temps galopait sans égard pour leur haine et leurs attaques.

Par un mardi après-midi étouffant de la fin du mois de mai, après les cours, Shifen dit soudain à Xiuyue :

« Je dois retourner chez moi aujourd'hui, je compte prendre demain matin le train de Shanghai pour aller accueillir mon oncle. La semaine

1. Les éditions de livres à l'ancienne étaient constituées de petits volumes cousus (feuilles pliées en double).

2. Commentaire du *Zuozhuan*, par Lu Zuqian (1137-1181). Le *Zuozhuan*, daté du IVe siècle av. J.-C., est une compilation des faits et anecdotes historiques intervenus entre 722 et 426. Document historique, il est considéré comme un texte canonique dans la tradition confucéenne.

3. Compilation de textes en langue classique, effectuée par Yao Nai (1732-1815).

4. Remarque piquante visant à faire passer Li pour un érotomane. Rappelons que ce roman érotique des Ming, traduit sous ce titre par André Lévy, fut longtemps proscrit et considéré comme un livre de débauché. (Voir *Jin Ping Mei – Fleur en fiole d'or –*, traduit et présenté par André Lévy, Gallimard, coll. « Bibliothèque de la Pléiade », 1985).

dernière, quand je suis rentrée à la maison, un télégramme était arrivé de Pékin, dans lequel il m'informait de son arrivée demain après-midi à la gare du Nord de Shanghai. »

Cette nouvelle prit Xiuyue de court et la plongea dans un tel état de tristesse et de stupéfaction qu'elle ne sut que répondre. Elle se vit allant et venant, dès le lendemain, esseulée et solitaire, se demandant bien comment elle allait pouvoir survivre. Bien que Shifen la consolât en lui disant qu'elle serait de retour dans trois à cinq jours, et bien qu'elle-même sût que sous le ciel tout n'était pas un festin perpétuel, comment allait-elle pouvoir traverser cette solitude un instant entrevue ? Elle retint Shifen plus de deux heures en la suppliant tous les quarts d'heure de rester encore. C'est seulement à l'heure du dîner qu'elle l'accompagna à la porte de l'école en séchant ses larmes. Shifen était déjà montée dans le pousse familial venu la chercher et qui l'avait attendue tout ce temps que Xiuyue lui courait encore après pour le retenir.

« Feng Shifen, sanglotait-elle, Feng… Shi… fen, tu, tu ne pourrais pas ne pas y aller ? »

9

Enfin arriva cette période de solitude que redoutait tant Xiuyue. Dès le lendemain, tout lui parut comme dans un rêve : les cours, l'étude, le sport, les repas… Si elle n'y prenait garde, le nom de son amie lui venait aux lèvres et elle s'écriait :

« Shifen ! » Ses yeux se posaient à peine sur son siège vide qu'elle en avait aussitôt le cœur serré, et elle se sentait oppressée au point de défaillir. Pendant les vacances, il lui était déjà arrivé de ne pas voir Shifen plusieurs jours d'affilée, mais elle était alors entourée des siens, plongée dans un nouvel environnement, et bien qu'en l'absence de Shifen elle ne pût s'empêcher d'éprouver un certain sentiment de solitude, tout cela n'était rien en comparaison de la morsure de cet isolement. Au reste, Shifen n'habitait qu'à quelques pas de chez elle. Si elle avait envie de la voir, il lui suffisait de grimper dans un pousse et, en dix minutes à peine, elles étaient ensemble. Désormais, les circonstances n'étaient plus les mêmes et, semblable à une paire de ciseaux dont l'une des lames eût été perdue, elle se demandait comment s'habituer à l'absence de Shifen, dont elle n'avait pas quitté l'ombre depuis six mois. Aussi, le mercredi soir, ne réussit-elle à s'endormir qu'après avoir sangloté une bonne partie de la nuit.

Le jour suivant ne lui sembla pas plus insupportable que la veille, sans doute parce qu'elle avait un peu apprivoisé sa solitude. Mais, le soir venu, un nouvel événement se produisit. Quand Wenqing apprit l'absence de Shifen, elle voulut à toute force changer de lit pour venir passer la nuit avec Xiuyue.

Après le dîner, alors que Xiuyue venait juste de s'asseoir en salle d'étude, Wenqing donna l'ordre au vieux domestique de lui apporter toutes sortes de boîtes de conserve et autres menus cadeaux, ainsi qu'une missive sur papier rose pâle dans laquelle, à quelques évocations de la « splendeur printanière », elle avait ajouté plusieurs allusions à la « joie des poissons dans l'eau », à l'« amour du lit commun ». A la fin du billet, sans doute pour s'assurer que Xiuyue comprendrait ses intentions, elle avait mis en annexe une ligne rédigée en *baihua* et une poésie, qualifiée de « poésie sentimentale ».

Xiuyue, mon aimée !

Ce soir, mon amour, je viendrai sans faute dormir avec toi.

Ci-joint, une poésie sentimentale :

Printemps magnifique, printemps sublime,
Avec mon aimée, nos têtes couchées sur le même oreiller,
Combien j'eusse souhaité me faire couverture ouatée,
Pour, chaque jour, recouvrir ta poitrine.

Elle avait souligné deux lignes du poème à l'encre rouge, ce qui donnait à l'ensemble belle allure.

Xiuyue fut bouleversée de recevoir tous ces cadeaux et cette lettre. Priant le vieux domestique de l'attendre un moment, elle s'empara de plusieurs feuillets sur lesquels on s'exerçait au tracé des caractères, avec l'intention de rédiger une réponse. Mais n'ayant encore jamais écrit un de ces billets secrets, elle craignit que son style ne fût pas adéquat et que Wenqing ne se moquât d'elle ; aussi, après avoir successivement calligraphié deux feuillets maladroits, elle se dit qu'elle ferait aussi bien de ne rien écrire du tout. « Laissons faire, on verra sa réaction. » Mais si elle n'écrivait pas pour refuser sa venue, Wenqing ne manquerait pas d'interpréter son silence comme un consentement et il se produirait inévitablement du grabuge le soir même. En même temps, que faire de cette montre qu'elle n'osait retirer du fond de la malle où elle était toujours dissimulée si elle s'entêtait à refuser tout contact avec Wenqing ? Troublée par l'émotion et sans se soucier de rien d'autre, elle leva son pinceau et inscrivit le mot *Viens !* sur la feuille. Puis elle la replia soigneusement, se releva, et elle s'apprêtait à la remettre au domestique qui attendait à la porte, quand, brusquement, elle vit la place vide de Shifen.

« Impossible, je ne peux pas, sinon jamais plus je ne pourrai regarder Shifen dans les yeux ! »

Elle revint à son pupitre après cette volte-face et, comme un chevalier qui aurait repris courage, elle roula en boule la feuille qu'elle avait en main et, en toute hâte, rédigea crânement le mot suivant :

Chère camarade Wenqing,

Je viens de prendre connaissance de votre courrier mais nos lits sont séparés et je ne puis aucunement vous autoriser à venir passer la nuit avec moi. S'il devait se produire quoi que ce soit, je n'aurais d'autre issue que d'en informer la surveillante et nous en subirions alors l'affront. Je vous prie de reprendre ces quelques nourritures que je ne saurais accepter, mais je viendrai vous exprimer mes remerciements en compagnie de Shifen dès son retour. C'est en hâte que je vous retourne ceci.

Respectueusement,

Zheng Xiuyue.

Le vieux domestique entretenait apparemment les meilleures relations avec Wenqing, car il refusa tout net de remporter le paquet de victuailles sous prétexte que Wenqing ne manquerait pas de se mettre en colère contre lui. L'homme persistant dans son refus, Xiuyue dut le laisser repartir à contrecœur.

Dès lors, jusqu'à l'heure du coucher, tous ces événements plongèrent Xiuyue dans une vive agitation. Le soir, après la sonnerie et l'extinction des lampes, tandis qu'elle reposait sous une mince couverture ouatée, elle entendit soudain comme un bruissement derrière le lit de Shifen. Elle voulut d'abord crier mais, par crainte d'être la risée de toutes les étudiantes du dortoir, elle émit seulement deux toussotements pour montrer qu'elle n'était pas encore endormie. Elle attendit un petit moment mais le bruissement se fit plus proche et un objet la frôla à l'extérieur de sa couverture, cependant qu'une odeur suffocante qui évoquait les remugles d'un oignon blet lui parvenait de l'obscurité. N'y tenant plus, elle fut contrainte de demander :

« Qui va là ? »

Tout près de son oreiller, une voix éraillée lui répondit :

« C'est moi ! »

Elle se leva brusquement et se mit à la gronder :

« Qu'est-ce que tu fais là ? Qu'est-ce que tu fiches ici ? Je vais crier, et on va aller voir la surveillante ! »

Une grosse main épaisse lui couvrit brusquement la bouche et la voix souffla :

« Ne crie pas, sinon, toi non plus tu ne sauras plus où te mettre ! Je ne peux plus repartir maintenant, alors laisse-moi dormir une nuit ici sur la couverture ! »

A ces mots, Xiuyue se tut. De son timbre enroué, Wenqing poursuivit :

« Je suis gelée, où est-ce que Shifen cache sa couverture ? Je viens de la chercher sur son lit sans réussir à la trouver. »

Xiuyue continua à garder le silence et cinq minutes s'écoulèrent environ lorsque la voix se fit plus implorante :

« J'ai enlevé tous mes vêtements, c'est une habitude que j'ai depuis toute petite, mais je suis frigorifiée, alors, je t'en prie, dis-moi où est la couverture de Shifen ! »

Deux minutes s'écoulèrent encore avant que Xiuyue ne rétorque, lapidaire :

« Au pied du lit. »

En fait, cette couverture-là était la sienne, mais comme, la veille au soir, hantée par la pensée de Shifen, elle n'arrivait pas à trouver le sommeil, elle avait fini par se relever au milieu de la nuit et avait soigneusement replié sa couverture pour se glisser dans celle de Shifen. Mais ce n'était plus le moment de s'attarder à ces détails. Si elle se relevait pour échanger les couvertures, il était certain que Wenqing passerait à l'action – mais comment Xiuyue aurait-elle pu toucher ce corps tout nu ?

Wenqing dut chercher à tâtons un bon moment avant de saisir la couverture de Xiuyue, et finit par la dérouler sur le lit pour s'y glisser. Les effluves nauséabonds d'oignon blet se firent alors beaucoup plus discrets. Un instant s'écoula avant que ne revienne cette odeur étrange ; au même moment, une main épaisse se faufila sous la couverture de Xiuyue ; elle déboutonnait sa chemisette. Xiuyue se redressa brutalement et s'en saisit de toute la force de ses deux mains.

« Qu'est-ce que tu fais ? Mais qu'est-ce que tu fais, je vais crier ! dit-elle.

— Bon, bon, ne hurle pas, je ne bouge plus. Simplement, sors ta main de la couverture que je puisse la serrer. »

Xiuyue dut s'exécuter en lui tendant cette même main qui venait de l'arrêter. Wenqing s'en saisit et attira brusquement sous sa couverture cette petite main potelée, tendre et gracieuse qu'elle prit fermement comme si elle n'avait vu en elle qu'un objet, et se mit à lui faire caresser son corps sans retenue. Les doigts de Xiuyue effleurèrent la peau granuleuse, les deux seins larges qui retombaient mollement, les poils courts sous ses aisselles et les gouttes de sueur perlée qui s'y trouvaient. Les attouchements se firent plus pressants mais, quand Wenqing manifesta l'envie de faire descendre la main plus bas sur son ventre, Xiuyue opposa une vive résistance et voulut retirer sur-le-champ sa main droite quelque peu ankylosée par le bras de Wenqing. Bien qu'elle y mît toute son énergie, elle n'y parvint pas, mais Wenqing, ayant compris son intention, arrêta là son geste et, de son autre main libre, elle prit une bague toute froide qu'elle passa au majeur de Xiuyue. Ayant ainsi fait, elle relâcha son étreinte et Xiuyue recouvra sa liberté. Quand sa main remonta la couverture, elle sentit de nouveau cette odeur toujours plus fétide et insoutenable. Quand elle fut réfugiée sous sa couverture, Wenqing lui murmura :

« Mon trésor, depuis toujours je voulais t'offrir cette bague, mais n'en dis pas un mot à Shifen. »

10

Aux premières lueurs de l'aube, vers les cinq heures, Xiuyue se glissa hors du lit. Elle regarda vers l'autre lit et vit, tourné vers la clarté du jour, le visage de Wenqing dont les narines se retroussaient et se dilataient en laissant échapper de gros ronflements d'homme : elle dormait encore profondément. Quand elle eut rabattu le voile de la moustiquaire, enfilé chaussettes et chaussures,

Xiuyue descendit précipitamment pour aller faire sa toilette. La cloche du réveil n'avait pas encore sonné ; aussi le commis qui portait l'eau pour la toilette trouva cela curieux et, après lui avoir demandé : « Qu'est-ce que vous fabriquez si tôt ? », il partit en hâte chercher de l'eau chaude. Xiuyue remplit d'abord un verre d'eau fraîche, prit sa brosse pour se laver les dents, et c'est alors que, baissant la tête, elle découvrit soudain au majeur de sa main droite une chevalière. Approchant la main, elle reconnut les effluves d'oignon rance et lut sur le chaton, gravés en style sigillaire, quatre petits caractères qui disaient *Cent ans de bonheur ensemble*. Elle se lava d'abord les mains, puis elle retira la chevalière, qu'elle rinça à l'eau froide, et, l'ayant essuyée avec soin, elle la fit disparaître dans sa poche intérieure.

Ce jour-là, elle n'entendit rien de ce qui fut dit en cours ou à l'étude ; seules quelques pensées l'obsédaient :

Pourquoi Shifen n'était-elle pas rentrée plus tôt ?

Bien sûr, cette bague était ravissante, mais quel sermon elle allait ramasser quand Shifen serait mise au courant !

Wenqing était peut-être fruste, mais elle ne regardait pas à la dépense !

Qu'allait-elle faire si elle revenait à la charge le soir même ?

Tout le jour, ces réflexions la harcelèrent sans répit ; quand vint l'heure du dîner, elle se rendit finalement chez le surveillant pour le prévenir qu'elle prenait un jour de congé et, ayant loué un pousse, elle retourna chez elle. Elle y resta deux jours et, le dimanche après-midi, avant de repartir pour l'école, elle se rendit ruelle de la Paix demander si Shifen était enfin rentrée.

« Elle est revenue, l'informa sa mère, mais aujourd'hui elle est allée se promener avec son oncle au lac de l'Ouest. Quand elle reviendra, je lui dirai d'aller chez toi, d'accord ? »

Cette nouvelle ne lui plut qu'à demi et elle songeait au temps où, si l'une allait au lac, l'autre y allait aussi, où jamais elles ne se quittaient car elles ne supportaient pas d'être séparées. Aujourd'hui, sans même la prévenir, Shifen s'était passée d'elle pour partir en promenade avec son oncle… Sur le chemin du retour, elle fut gagnée par un sentiment de haine et elle se prit à détester Shifen. « Je ferais mieux d'être amie avec Wenqing, Shifen est odieuse, odieuse ! Un jour, je me vengerai ! » Elle se faisait d'amers reproches en chemin, tant et si bien qu'elle faillit en pleurer. A quelques pas de chez elle, sa résolution était d'ores et déjà fermement prise : « Je retourne à l'école immédiatement ; de toute façon, à quoi bon attendre une fille comme ça, j'aime encore mieux être l'amie de Wenqing, même si je dois endurer des moqueries. »

Mais tandis qu'elle s'apprêtait à franchir le seuil de la porte, sa mère sortit du salon et vint à ses devants en criant :

« Xiuyue ! Shifen t'attend dans ta chambre depuis un bon moment, elle est arrivée dès ton départ ! » D'un bond, elle courut jusqu'à la pièce est. Lorsqu'elle vit les traits sereins et rieurs de Shifen, elle se jeta dans ses bras et s'y blottit. Plus rien n'avait d'importance, elle l'enlaça étroitement et laissa rouler de douloureuses larmes de tristesse. Ce furent d'abord de légers sanglots, qui firent place ensuite à des pleurs plus nourris.

Pendant ce temps, Shifen lui caressait les cheveux en demeurant silencieuse tandis qu'elle sanglotait. Après qu'elle eut ainsi pleuré dix minutes et quelque peu évacué sa colère contenue, Shifen la prit dans ses bras et la fit asseoir sur le lit ; puis elle sortit un mouchoir pour sécher ses pleurs. Alors, Xiuyue esquissa un sourire derrière ses larmes et Shifen la questionna lentement : « Qu'y a-t-il ? Quelqu'un t'a fait du mal ? » A ces mots, les pleurs qui venaient de s'interrompre reprirent de plus belle, et elle blottit de nouveau sa tête contre la poitrine de Shifen, qui attendit encore quelques instants qu'elle s'apaise.

« Allez, sèche tes larmes, dit-elle en la caressant délicatement, et dis-moi ce qui ne va pas ; quelqu'un t'a fait du mal, n'est-ce pas ? »

Alors seulement, à ces doux mots de consolation, elle redressa la tête. Dévisageant Shifen de ses grands yeux noyés, Xiuyue hocha la tête en signe de dénégation pour lui faire comprendre qu'il ne s'était rien passé, que personne ne l'avait maltraitée. Mais au même instant, elle éprouva un terrible remords car elle regrettait les pensées indignes qui l'avaient assaillie. « Shifen restera toujours Shifen, comment Wenqing pourrait-elle lui arriver à la cheville ? Il ne faut pas, il ne faut vraiment pas, je repars à l'école sur-le-champ et je lui rends tout : la montre, la bague. Comment ai-je pu tomber aussi bas ? »

Une heure plus tard, elles s'en retournèrent toutes deux à l'école ainsi qu'elles en avaient coutume. En définitive, leur courte séparation n'avait fait que renforcer leur affection. Ce soir-là, allongée sur son lit, Shifen allait fermer les yeux quand elle renifla plusieurs fois et dit à Xiuyue :

« Mais qu'est-ce que c'est que cette pestilence de renard[1] dans notre lit ? »

Xiuyue ne comprit pas et lui demanda de quoi il retournait, et quand Shifen lui eut décrit les symptômes de cette affection, elle se mit alors à rire et, approchant soudain sa tête tout contre elle, elle posa sur son visage de longs et profonds baisers. Depuis près d'un an qu'elles se fréquentaient, elles dormaient ensemble dans le même lit mais sans faire couverture commune, et elles se livraient là à leurs gestes les plus licencieux. Pourtant, aucune n'éprouvait de trouble car elles avaient simplement le sentiment de traduire ainsi une très grande affection que les mots seuls ne pouvaient exprimer.

---

1. Le texte original dit exactement « puanteur d'aisselle de renard ». L'expression chinoise évoque une maladie appelée « bromhidrose », maladie qui donne à la transpiration une odeur désagréable. Il convient de rappeler ici la charge symbolique, dans la culture chinoise, du renard, qui évoque la possession, le maléfice féminin ; dans le premier dictionnaire des caractères, le *Shuo wen jie zi*, l'animal est dit « nuisible, servant de monture aux esprits des morts et aux démons ».

11

La période des examens de fin d'année se profilait à l'horizon. Aucune transformation notable n'était intervenue dans l'école ; cependant, depuis quelque temps, l'attitude de Shifen témoignait de changements imperceptibles.

Depuis son retour de Shanghai, bien qu'elle montrât toujours la même tendre affection pour Xiuyue et qu'elle se comportât comme à l'accoutumée en toutes circonstances, elle restait parfois plus d'une demi-heure à fixer le vide, les yeux perdus dans le vague. Etrangement, il lui arrivait même d'éviter délibérément Xiuyue pour aller, seule, marcher sur le terrain de sport ou pour s'asseoir dans une salle de cours désertée de toute présence. Elle ne se consacrait évidemment pas à préparer cet important examen avec tout le sérieux nécessaire. On ne comptait plus les soirs où elle allait très tôt dans le dortoir grimper sur son lit à tâtons dans la pénombre et se coucher sans bruit sous sa couverture. Pour couronner le tout, par un tiède après-midi, elle prétexta quelque mal de tête après avoir englouti son déjeuner et se rendit chez le surveillant demander un congé. Elle repartit chez elle pour l'après-midi et, le soir, à son retour, Xiuyue observa ses yeux gonflés et rougis par les larmes, comme si elle avait pleuré.

Ce même jour justement, à trois heures de l'après-midi, le concierge avait fait irruption dans l'enceinte de l'école. Il était à la recherche de Li Wenqing que son père, qui désirait la voir, attendait dans la salle de réception. Depuis son triomphe au concours d'éloquence, Wenqing était la gloire de toute l'école, et elle était si grande et si massive qu'on ne pouvait manquer de la trouver, quel que fût le lieu où on la cherchait : salle de cours, terrain de sport… Pourtant, ce jour-là, le concierge avait eu beau remuer ciel et terre, il n'était pas parvenu à lui mettre la main dessus. Malgré tout, comme il n'avait pas manqué d'interroger chaque personne rencontrée en chemin, la nouvelle de la venue de son père à l'école s'était répandue comme une traînée de poudre. Quelques intimes de Wenqing qui avaient partagé son lit commencèrent alors, pour se faire mousser, à relater par le détail l'histoire de la vie du père et des rapports qu'il entretenait avec sa fille.

Elles racontèrent que le père, qui était à l'origine paysan, avait longtemps tenu une auberge. Puis, un jour, un menuisier itinérant qui logeait dans son auberge était mort sans crier gare. Après s'être occupé des vêtements funéraires, du cercueil et de la mise en bière, il était allé jusqu'à faire ériger pour cet homme un tombeau digne de ce nom. Puis, au fil des ans, il s'était lancé dans l'achat de terres et, sans qu'on s'y attendît, il s'était enrichi en dépouillant ses adversaires. Les familles ruinées de sa contrée, dont il avait acheté terres et propriétés, se vengèrent en répandant sur son compte une rumeur : il aurait fait fortune après avoir assassiné quelqu'un pour s'emparer de ses biens. Il avait une sœur aînée qui, toute jeune, avait été vendue à une famille de paysans de la campagne de Hangzhou pour y faire office de domestique. Après la mort de l'épouse principale, elle était devenue maîtresse de la maison. Elle avait alors une cinquantaine d'années et son frère, richesse faite, était venu de temps à autre lui rendre visite à Hangzhou. Il avait trouvé cet endroit tout à fait à sa convenance et, comme il était en outre profondément haï des gens de sa contrée, il avait vendu tous les biens qu'il possédait à Suzhou dix ans auparavant pour déménager et venir s'installer près de sa sœur. Depuis longtemps déjà, sa femme était morte, et par la suite il ne s'était jamais remarié, aussi Li Wenqing était-elle sa fille unique. Bien que celle-ci ne fût plus une enfant, elle continuait à dormir dans le même lit que son père quand elle rentrait chez elle pendant les vacances. La communauté villageoise partageait sur ce point une indignation unanime. Mais la sœur se comportait bien avec tous, et les paysans avaient pour principe que chacun doit balayer la neige devant sa porte. Aussi jamais la communauté ne lui avait-elle signifié ouvertement de quitter le village même si, derrière son dos, tous l'accusaient d'être un vieux cochon.

L'histoire de ces événements avait fait le tour de l'école et, une classe après l'autre, de nombreuses élèves intriguées s'étaient agglutinées bruyamment à la porte du salon de réception ou aux fenêtres. Le père de Wenqing, fort grand et très gros, semblait robuste et arborait de chaque côté des lèvres trois poils de moustache. Sa fille et lui se ressemblaient comme deux gouttes d'eau. Cependant, il ne portait pas de lunettes, et son air de brute épaisse au teint plus sombre que Wenqing ainsi que ses deux petits yeux de rat ajoutaient encore à son regard pervers.

Il était depuis longtemps en butte à la curiosité des élèves quand, enfin, le vieux concierge fit entrer Wenqing. Le visage du concierge laissait transparaître une franche hilarité tandis qu'on lisait, sur les traits gris de contrariété de Wenqing, une rage qu'elle peinait à contenir. Quelques élèves espiègles aperçurent le concierge qui sortait de la salle, et elles le pressèrent de donner la raison de sa bonne humeur. Celui-ci se couvrit la bouche avec la main en lâchant un petit rire stupide. Mais, à toutes ces élèves qui le questionnaient, il finit par lâcher à voix basse : « J'ai enfin réussi à la dénicher aux toilettes. Elle a mangé trop de fruits ces jours-ci et elle a une crise de dysenterie. Quand je l'ai vue avec ses sourcils froncés, j'ai trouvé ça vraiment drôle. »

C'est alors que tous entendirent dans la salle Wenqing durcir le ton et agonir son père.

« Je t'avais dit de ne pas mettre les pieds à l'école, tu entends, de ne pas y mettre les pieds, pourquoi es-tu venu aujourd'hui sans prévenir ? Ça n'aurait pas été plus simple de me téléphoner depuis l'hôtel ? Mais regarde donc ces élèves qui nous observent ! C'est pas possible, tu fais exprès de venir pour me faire honte ? Il n'est pas question que j'aille te rejoindre à l'hôtel aujourd'hui, vas-y tout seul. »

Quand elle eut fini de crier, elle tourna les talons et s'enfuit de la salle pour prendre en courant le chemin des toilettes de l'étage.

Le soir venu, après qu'elles furent couchées et que Xiuyue eut rapporté à Shifen par le détail les événements du jour, celle-ci n'esquissa pas l'ombre d'un sourire et hocha seulement la tête en soupirant :

« Pff ! A quoi bon s'intéresser aux petites vies sans intérêt de ces gens ? »

12

Les vacances d'été arrivèrent et les élèves se dispersèrent pour rentrer chacune chez elle. Xiuyue contracta probablement un coup de chaleur en route car, la nuit qui suivit son retour, elle souffrit de vomissements et de diarrhées. Elle resta trois jours alitée, trois jours au cours desquels Shifen ne lui rendit pas la moindre visite. Dans l'après-midi du cinquième jour, ses parents l'autorisèrent à quitter sa chambre. Elle changea de vêtements, démêla un peu ses cheveux. En effet, quand le soleil serait moins fort, elle projetait de se rendre ruelle de la Grande-Paix pour voir Shifen et lui demander pourquoi elle n'était pas venue lui faire visite pendant tout ce temps. Mais l'après-midi s'éternisait et, bien qu'elle attendît et attendît encore, le soleil resta suspendu haut dans le ciel, et le pousse qu'avait pris son père n'était toujours pas revenu. Aussi, lorsqu'elle entendit sonner les cinq heures, sa patience fut à bout et elle se leva pour se diriger vers l'entrée principale. Elle venait à peine de la franchir qu'un facteur arriva, portant une enveloppe dont l'élégante et vive calligraphie lui fit comprendre au premier coup d'œil qu'il s'agissait là d'une lettre de Shifen. « Serait-elle tombée malade ? Pourquoi m'écrit-elle au lieu de venir me voir ? » se demandait-t-elle debout tandis qu'elle décachetait l'enveloppe.

Très chère Xiuyue,

Lorsque cette lettre sera dans tes mains, j'aurai selon toute vraisemblance quitté Hangzhou et nous respirerons alors toi et moi un air différent. Te quitter me demande un tel courage que celui-ci m'a manqué pour venir te faire mes adieux en personne. Xiuyue, quand je me remémore cette année si courte, cette année passée avec toi et qui a filé si vite, mon cœur éprouve vraiment le regret de cette séparation.

Peux-tu comprendre les raisons qui m'ont rendu le cœur si lourd depuis mai ? L'homme n'est pas fait que de raison, mais aussi de sentiments. J'ai commis un crime qui est absolument inacceptable pour la société patriarcale, spécialement ici à Hangzhou où la pensée féodale est si enracinée et les opinions marquées par l'étroitesse d'esprit. Cependant, la société est en marche, l'amour est sacré, nous avons chacun nos opinions et combattrons aussi pour nos droits.

Je pars avec mon oncle, demain matin aux premières lueurs du jour, pour défricher seule ma route. Aussi longtemps que la vieille société ne sera pas renversée et que la Chine ne sera pas libérée de son archaïsme, nous ne reviendrons certainement pas à Hangzhou. Xiuyue, en ces heures qui précèdent mon départ à jamais de cette terre qui m'a vue naître et grandir, peux-tu deviner toutes les tortures que je ressens ?

Ma mère dort paisiblement dans sa chambre, et mes petits frères ronflent innocemment.

Ce soir, la nourriture ne passait pas et, pendant le dîner, ma mère m'a même demandé : « Veux-tu de la bouillie ? »

J'ai remis de l'ordre dans les livres du bureau et, comme je ne dormais toujours pas à dix heures passées, ma mère m'a dit : « Repose-toi, tu rangeras tes livres demain matin ! » Ah ! Comment se serait-elle doutée que « demain matin », ce matin, j'errerais en d'autres lieux ?

Xiuyue, je te demande de ne pas chercher à savoir où je vais et ce que je ferai. Si tu ne peux oublier l'amitié des jours anciens, alors viens souvent rendre visite à ma vieille mère et à mes deux petits frères !

Hélas ! Mes seuls regrets sont que ma mère soit âgée, ma famille pauvre et mes frères bien jeunes !

Je m'étais arrêtée là d'écrire, mes yeux se troublaient et, ayant reposé mon pinceau, j'ai pénétré furtivement dans la chambre de ma mère. Il y avait une telle noblesse dans les traits de son visage ! Ce visage, baptisé de tous les malheurs qu'elle endura, reflète plus de sainteté que la Vierge elle-même[1] *! Ah ! Il nous reste si peu de temps, si peu de temps encore, ma très chère et vénérée mère ! Et mes deux petits frères endormis qui souriaient légèrement, en rêvant peut-être qu'ils jouaient...*

Xiuyue, je ne dois rien regretter mais il m'est si pénible d'avoir à les abandonner, d'avoir à abandonner ces trois êtres qui sont les meilleurs que le monde ait jamais portés !

Après mon départ, je t'en supplie, viens souvent les voir pour les emmener se promener.

Xiuyue, ma très chère Xiuyue, je te quitte, mais toi tu dois absolument venir les voir.

Ci-joint quelques livres empaquetés que mon oncle m'avait ramenés et dont je te fais cadeau. Là où je vais, les livres de ce genre ne manqueront pas.

Xiuyue, j'espère de tout cœur que, lorsque tu les auras lus, ton esprit s'éveillera. Si tu devais un jour tomber au plus bas, raccroche-toi à mon souvenir !

---

1. Le terme chinois, sans équivoque, se réfère au baptême chrétien et la mère est comparée à la Vierge ; les frères de Shifen sont par deux fois qualifiés d'« anges » (p. 58 et 114). Il s'agit en quelque sorte d'un « orientalisme inversé ». Toutes ces références extérieures au monde chinois agissaient sur le lecteur de l'époque comme autant de symboles curieux et étrangers.

Brève et amère est l'existence, pénible et importante l'œuvre à accomplir ! Adieu, Xiuyue, je te reverrai seulement quand sera installé à Hangzhou le gouvernement des soviets. Cela exigera peut-être cinq ans, peut-être même dix ans de labeur. D'ici là, ma vieille mère ne sera peut-être plus de ce monde.

Xiuyue, ma chère Xiuyue, prenons chacune bien soin de nous, oui, bien soin de nous !

Feng Shifen,
en larmes,
ce dix-neuf juillet, à trois heures du matin.

Sa lecture achevée, Xiuyue, toujours debout près de la grande porte, se mit à sangloter. Sa mère et la domestique sortirent en hâte, mais elle était déjà effondrée, en larmes, assise par terre le dos au mur. Ses cheveux étaient tout défaits lorsqu'elles la ramenèrent sur son lit. Longtemps elle pleura, déchirée par le chagrin. Puis, approchant de nouveau la lettre de ses yeux pleins de larmes, elle redoubla de pleurs. Elle fut ainsi longtemps avant de se relever. Enfin, l'air résolu, rattachant ses cheveux et ravalant ses sanglots, elle dit brusquement à sa mère, assise sur son lit :

« Ma… Maman, je dois aller voir la mère de Shifen ! »

13

Xiuyue, que les larmes venaient de réduire à néant, se fit violence. Les yeux gonflés et rougis, elle monta dans un pousse. Quand elle parvint ruelle de la Paix, les rayons du soleil ne caressaient plus que le faîte des hauts murs d'enceinte.

A peine eut-elle franchi la porte latérale de la grand-pièce qu'elle fut gagnée par cette atmosphère triste et lugubre. On n'entendait aucun bruit dans la salle de séjour des Feng, où le calme était pareil à celui d'un tombeau. A voix basse, elle appela : « Mère Chen ! » La vieille domestique de la maison, aux cheveux déjà grisonnants, sortit alors sans bruit de la salle.

« Où est Madame ? Et les garçons ? » lui demanda-t-elle.

La domestique fronça les sourcils et fit la moue en indiquant la chambre à coucher de Mme Feng. Elle s'approcha de la jeune fille et lui glissa doucement à l'oreille :

« Tu es au courant du départ de Shifen pour Shanghai ? Sa mère vient de passer la journée au lit, elle n'a rien mangé, les deux garçons sont à ses côtés. Va vite la voir, cours vite porter conseil à Madame ! »

Xiuyue traversa la pièce et, le pied dans l'embrasure de la porte de la pièce latérale, appela d'une voix tremblante : « Tante[1] ! »

Tout habillée, la mère de Shifen reposait sur le lit. A ses côtés était endormi l'un des deux garçons, la main appuyée sur la table carrée qui

1. Le terme ne signale pas de lien de parenté. Il s'agit d'une appellation habituelle d'une jeune fille pour une femme plus âgée.

se trouvait au pied du lit. Le plus grand des deux était assis en silence près de son frère, le dos contre le dossier de la chaise. Ses grands yeux étaient écarquillés, ses jambes se balançaient, tout son visage ne reflétait qu'un immense accablement.

Dans cette pièce où la pénombre commençait à s'installer, la vue de cette scène l'empêcha de prononcer une autre parole que : « Tante ! » Elle eut seulement la force de se rapprocher doucement des deux garçons pour venir caresser la tête du plus âgé. Elle entendit les sanglots étouffés qui montaient du lit et vit s'agiter le vieux corps qui semblait lutter contre la détresse. Elle s'efforçait malgré tout d'afficher une certaine retenue. Xiuyue attendit quelques instants et la mère de Shifen se retourna pour s'asseoir de guingois. Dans la pénombre du soir, elle ne distinguait plus que le visage luisant de larmes de cette vieille femme, et son sourire douloureux qui jouait à faire semblant lui parut plus insoutenable encore que ses pleurs.

En la voyant se redresser, Xiuyue se précipita et s'assit près d'elle sur le bord du lit, mais il ne lui vint à l'esprit aucune parole de consolation pour cette veuve qui avait déjà connu et enduré tant de malheurs. Finalement, Mme Feng fut la première à rompre le silence :

« Tu as appris, pour Shifen ? »

Au ton de sa voix, on sentait bien que ces mots lui avaient demandé un gros effort.

« Oui, c'est pour ça que je suis venue. Elle, elle m'a écrit une lettre hier au soir. »

Xiuyue fut la première à avoir les yeux noyés de larmes intarissables.

« Je n'ai guère envie de parler de tout ça, mais puisqu'elle désirait partir, pourquoi ne pas avoir agi dignement, pourquoi ne m'en a-t-elle pas touché mot à l'avance ? Je sais aussi parfaitement de quel bois sont faits Yinghuan[1] et Shifen, mais si jamais cette affaire venait à s'ébruiter dans Hangzhou et dans notre famille, comment ferais-je face au scandale ? »

A ces mots, mère Feng sembla ne plus se contenir et renifla plusieurs fois. Les deux ruisseaux de larmes glacées continuaient à couler lentement sur le visage de Xiuyue, mais elle avait désormais recouvré le courage de s'exprimer.

« Tante Feng, Shifen ne saurait mal agir, et je crois que, dans cette fuite, nul danger ne pourra les atteindre. Mais il est vrai que nous qui restons à Hangzhou allons nous sentir bien seuls.

Moi aussi, je suis tout à fait confiante, car, depuis son plus jeune âge, Shifen a toujours été comme son oncle une enfant très volontaire ; de plus, elle n'a rien d'une fille volage. Mais quand les parents et amis vont être mis au courant, comment vais-je affronter leurs regards ?

— Tante, ce qui est fait est fait. Et il vaut mieux ne pas trop s'attarder aux regards méprisants des

1. Chen Yinghuan, l'oncle de Shifen dont on a déjà pu découvrir la lettre au début du chapitre 7.

autres. Dans sa lettre, Shifen me disait aussi qu'ils ne remettraient plus les pieds à Hangzhou, les gens d'ici ayant l'esprit trop borné.

— De toute façon, j'aime autant qu'ils ne reviennent pas. Je les connais depuis leur enfance et, quoi qu'ils fassent, je peux leur pardonner. Mais je redoute particulièrement les gens de Hangzhou, qui n'ont que paroles blessantes à la bouche. »

Sur ce, le garçon qui faisait semblant de dormir sur la table se retourna. Il essuya ses yeux de ses petites mains.

« Où est notre grande sœur ? » demanda-t-il à Xiuyue.

Le secours inopiné de cette main tendue permit à Xiuyue de relâcher sa tension extrême. Elle tourna ses regards vers ce petit ange et lui répondit, en esquissant un sourire :

« Elle est partie étudier à Shanghai, et j'y vais moi aussi dans quelques jours. Tu veux venir avec moi ? »

Il écarquilla ses grands yeux et, abasourdi, hocha la tête plusieurs fois. Son grand frère, assis tout proche, demanda alors soudain à sa mère :

« Maman ! Et le paquet de livres ?

— Ah oui, c'est vrai », dit Mme Feng qui poursuivit, comme si elle venait de s'en souvenir : « Shifen a laissé ici un paquet de livres pour toi. Mon trésor, va les chercher dans la bibliothèque. »

Après que le plus grand des deux garçons fut sorti en trombe pour rapporter les livres, Xiuyue exposa par le menu le contenu de la lettre qu'elle avait reçue. Elle s'efforça de réconforter Mme Feng, l'exhortant à ne pas se faire trop de soucis. Shifen n'étant plus là, elle viendrait souvent pour lui tenir compagnie. Elle se tiendrait à son entière disposition en toute occasion et, quoi que Mme Feng lui demande, elle ferait tout son possible pour remplacer sa fille. Quant à la scolarité des garçons, elle pourrait toujours faire jouer ses relations si elle restait à Hangzhou, car elle connaissait beaucoup d'élèves et de professeurs. Cela ne poserait pas de difficulté.

Quand elle eut fini, le ciel n'était déjà plus qu'obscurité. Mme Feng la pria de rester dîner mais Xiuyue répondit qu'elle craignait qu'on s'inquiétât chez elle, prit congé et la quitta.

De retour à la maison, elle alla ouvrir le paquet dans sa chambre pour jeter un coup d'œil aux livres que Shifen lui avait offerts ; elle découvrit des ouvrages inconnus dont les couvertures attisèrent sa curiosité : *L'ABC du communisme*, *Correspondance de Rosa Luxembourg*… Tandis qu'elle s'apprêtait à feuilleter celui intitulé *Les Femmes dans la révolution*, le domestique vint la prier d'aller dîner.

14

Xiuyue, dont la meilleure amie avait désormais disparu, profita des vacances d'été pour lire plus que d'habitude. Les livres de Shifen n'étaient guère conformes à ses goûts. Pourtant, même si leur contenu ne lui semblait pas toujours très clair, elle entrevit les raisons de la souffrance des Chinois, la façon dont ces malheureux devaient eux-mêmes se libérer. Elle commença à mieux comprendre les événements récents et la conjoncture actuelle.

De plus, avec la chaleur de l'été, son corps parvint à la pleine maturité physique. Elle prit de la taille, et son élocution, son goût excessif pour la réflexion, prouvaient qu'elle était désormais une jeune fille épanouie.

Vers la fin des vacances, une ou deux semaines avant la reprise des cours, la nouvelle du départ de Shifen s'était apparemment propagée car Xiuyue eut la surprise de recevoir un abondant courrier. Un certain nombre de lettres provenaient d'élèves fouineuses qui venaient aux nouvelles, d'autres la consolaient d'avoir perdu son amie, mais la plupart avaient bondi sur l'occasion pour lui faire part des réflexions que soulevait chez elles cette affaire. Au milieu de cette avalanche de lettres, deux courriers défendant des points de vue qu'elle n'aurait pu imaginer retinrent tout particulièrement son attention.

L'un avait été expédié de la campagne par Li Wenqing. Elle disait admirer sans réserve l'amour que Shifen avait manifesté en cette occasion[1]. Bien qu'à nouveau l'ensemble fût tourné comme un courrier fleuri, voici le sens général qui se dégageait : à ses yeux, amour et sexe n'étaient

1. C'est-à-dire lorsque, par amour, elle est partie avec son oncle.

qu'une seule et même chose, l'amour ne connaissait aucune règle dans le choix du partenaire et ne tolérait aucune barrière. Ces relations incestueuses que désapprouvaient les mœurs du temps et ces fornications où l'âge n'entrait pas en ligne de compte n'étaient que sujets de discussion stériles car, en amour, quelle importance que l'autre fût chat ou chien, père ou fils ? Pourquoi ne pas prendre du bon temps ensemble ? Elle terminait à nouveau sa lettre par quelques vers libres : « Un jour, c'est trois automnes, un automne, c'est trois siècles… » ou « Quand pourrez-vous encore vous glisser avec moi sous les couvertures ? »

Le professeur Zhang Tang était l'auteur de la seconde lettre, qu'il avait envoyée d'un temple situé sur le lac de l'Ouest. Dans ce courrier aux accents pathétiques, il prétendait avoir perdu, depuis le départ de Shifen, l'étoile qui guidait son chemin. Bien qu'il se défendît de n'avoir jamais eu pour elle la moindre pensée impure, les lettres qu'il lui avait écrites chaque jour depuis six mois comptaient parmi les plus profondes qu'il ait jamais rédigées de toute sa vie. Mais, pour lui, il n'était rien de plus immoral que les amours incestueuses. Il terminait enfin en prétendant n'avoir désormais plus âme à qui confier son cœur esseulé et il espérait que, lorsque Xiuyue en aurait le loisir, elle pourrait venir sur le lac intérieur lui rendre visite dans ce temple où il séjournait.

D'ordinaire, Xiuyue ne répondait pas aux lettres. Mais comme c'étaient les vacances, elle n'avait rien à faire et écrire passait le temps.

D'autre part, même si ces deux-là avaient des avis divergents, ils n'en nourrissaient pas moins pour Shifen les mêmes sentiments d'affection. Contrairement à ses habitudes, elle rédigea une longue réponse à chacune de ces deux lettres. En effet, le départ de Shifen lui donnait un sentiment d'extrême solitude ; et puis, en son for intérieur, elle avait très envie de leur répondre. Deux jours plus tard, une nouvelle lettre de Wenqing arriva, dans laquelle il y avait encore un étalage maladroit de vers sentimentaux, vernaculaire et classique mélangés. Un jour s'écoula encore et une lettre de Zhang Tang arriva. Leurs courriers se firent par la suite très réguliers : tous les deux jours pour Wenqing, tous les trois jours pour Zhang.

Deux jours avant la reprise des cours, Wenqing envoya soudain un domestique de l'hôtel porter à Xiuyue une coupe de satin de soie blanche et une invitation à venir déjeuner aux Beaux-Paysages-de-la-Qiantang[1], situé en bordure du lac. Depuis cet été où Shifen avait quitté Hangzhou, Xiuyue n'avait pas mis le nez dehors et, l'occasion lui étant offerte, elle eut naturellement très envie d'y aller. A l'approche de midi, elle prévint ses parents, monta dans le pousse familial et se rendit directement à l'étage du restaurant.

Quand elle y parvint, Wenqing n'était pas encore arrivée. Elle était assise depuis une

1. Cours inférieur du fleuve Zhe, au Zhejiang, qui se jette dans la baie de Hangzhou.

vingtaine de minutes lorsque, du balcon, elle vit enfin surgir deux pousse qui firent halte à l'entrée du restaurant. Wenqing, qui semblait fort contrariée, était assise dans le premier pousse, et bien entendu son père se trouvait dans le deuxième.

Elle grimpa à l'étage pour voir Xiuyue mais, dès qu'elle ouvrit la bouche, ce fut pour se répandre en invectives sur son père : « Je lui ai dit de ne pas venir, je le lui ai répété, mais comme par hasard il voulait m'accompagner, alors je me suis mise en colère et je me suis dit que ça ne valait plus la peine de venir déjeuner, mais, comme j'avais peur que tu ne m'attendes ici en vain, je me suis forcée à sortir. » Elles auraient voulu se rendre sur le lac après déjeuner, mais Wenqing se mit encore en rogne parce que son père voulait également venir. Aussi s'en retournèrent-ils directement à l'hôtel, qui se trouvait sur le chemin de retour de Xiuyue. Quand ils furent tous trois devant l'entrée, elle les accompagna pour s'asseoir un moment. La chambre de première classe avec un seul lit en cuivre qu'ils avaient louée était exiguë, mais sa fenêtre donnait sur le magnifique paysage des collines du lac de l'Ouest. Xiuyue resta une heure à bavarder. Pendant ce temps-là, le père de Wenqing, avec force ronflements et quelques filets de bave au coin des lèvres, s'était endormi sur le lit.

Il faisait encore si chaud après la rentrée des classes que peu d'élèves se présentèrent à l'école, et on reporta le début des cours à la semaine suivante. Wenqing avait emménagé dans le dortoir dès le premier jour ; Xiuyue n'arriva que deux jours plus tard. Durant cette période où les cours n'avaient pas repris, la surveillance se faisait plus lâche, et Wenqing demanda un congé en arguant que son père était revenu ; Xiuyue, de son côté, prétexta qu'elle devait repartir chez elle quelques jours. Après le déjeuner, elles quittèrent ensemble l'établissement en emportant une mallette de cuir.

Elles firent d'abord une longue promenade au bord du lac puis elles retournèrent dîner aux Beaux-Paysages-de-la-Qiantang et, pour finir, elles louèrent une chambre à l'hôtel où Xiuyue était déjà venue. Le réceptionniste et les garçons d'hôtel semblaient très bien connaître Wenqing : elle était à peine entrée qu'ils la saluèrent avec beaucoup d'entrain et lui donnèrent du « oh ! madame Li, madame Li ! ».

Il faisait ce jour-là une chaleur étouffante et, dans la soirée, il apparut qu'une grosse averse allait tomber. Aussi, dès qu'elle pénétra dans la chambre, Wenqing ôta sa robe en étamine de soie lustrée. Sa forte corpulence ou son extrême sensibilité à la chaleur expliquaient sans doute qu'elle ne portât sous sa robe ni tricot de corps, ni petit gilet. Sa robe retirée, elle révéla alors son buste nu à la peau sombre et luisante. Elle ne cessait d'aller et venir à la lumière de la lampe et sa poitrine aux mamelons violacés ballottait pitoyablement. Cette scène finit par mettre Xiuyue quelque peu mal à l'aise.

« Pourquoi crains-tu tellement la chaleur ? lui demanda-t-elle, un sourire aux lèvres. Ne serait-il pas préférable de porter un vêtement plus léger ?

— Et pour quoi faire ? De toute façon, on va dormir !

— Mais tu n'as pas peur d'être vue par les garçons d'hôtel si tu marches comme ça seins nus dans la chambre ?

— Ici, c'est nous qui fixons les règles. Si nous ne les appelons pas, ils n'oseront pas entrer.

— Et l'ombre projetée par la fenêtre ?

— Pour l'ombre, il suffit d'éteindre l'électricité. »

Elle tendit la main vers le commutateur et éteignit. Ce soir-là, la lune semblait être à la fin du premier quartier. Même lumière éteinte, on apercevait encore confusément par la fenêtre le paysage nocturne du lac.

Assise près de la fenêtre, Xiuyue contemplait ce tableau alors que Wenqing, qui venait également d'enlever sa très courte culotte, s'était allongée sur le lit.

« Tu ne viens pas te coucher ? Qu'est-ce que tu fais assise là-bas ? »

Wenqing la pressa ainsi plusieurs fois avant que Xiuyue ne consente à retirer sa jupe noire et ne s'étende sur le lit, toujours vêtue. Wenqing désirait qu'elle se mette toute nue comme elle mais Xiuyue s'y opposa fermement. Elles se disputèrent un bon bout de temps. Xiuyue accepta enfin d'enlever le haut de ses vêtements et de dénouer sa ceinture, mais refusa obstinément d'enlever le bas.

La moiteur était tout à fait exceptionnelle ; Wenqing, sans doute fatiguée par cette dispute, s'endormit rapidement en ronflant la bouche ouverte, tandis que Xiuyue, qui se tournait d'un côté puis de l'autre, mit un long moment avant de pouvoir fermer l'œil.

Au cœur de la nuit, elle ressentit soudain dans son sommeil une étrange douleur lancinante dans l'entrejambe, qu'elle voulut vaguement écarter de la main, mais ses deux mains étaient déjà immobilisées par Wenqing. Lorsqu'elles s'étaient endormies, Wenqing occupait la place au fond du lit et Xiuyue, allongée sur le flanc, s'était couchée au bord du lit. A un moment qu'elle ignorait, Wenqing lui était passée par-dessus et, dès lors, elles se faisaient face comme deux paumes accolées.

La douleur à l'entrecuisse lui fut à la fin insupportable. Ses deux mains entravées, elle n'eut d'autre échappatoire que de reculer au fond du lit. Alors, de ses larges épaules carrées, Wenqing la repoussa sans ménagement, ce qui accentua encore la douleur qu'elle éprouvait plus bas, et elle se retrouva entièrement allongée sur le dos. Couchée sur elle, Wenqing se mit à lui répéter doucement : « Mon amour, mon trésor. »

15

A la reprise des classes, la vie à l'école retrouva son cours normal. Xiuyue, d'un naturel à la fois faible et passionné, et qui avait toujours eu besoin d'un soutien, trouva enfin en Wenqing celle qui comblait le vide laissé par le départ de Shifen. Elle n'ignorait aucune des rumeurs que les élèves avaient souvent fait courir sur Wenqing, rumeurs dont elle avait pris soigneusement connaissance, en particulier celle relative à l'étrange objet très long que, désormais, Wenqing glissait presque chaque soir sous son oreiller.

Les sentiments qu'elle portait à Wenqing se révélèrent beaucoup plus intenses que ceux qu'elle avait éprouvés pour Shifen, car si Shifen l'avait soutenue dans ses études et éclairée moralement, Wenqing, outre les précieux cadeaux qu'elle lui offrait, lui faisait aussi découvrir le véritable paradis des plaisirs charnels.

Cependant, Wenqing la versatile était sa petite amie depuis plus de deux mois quand il apparut qu'elle avait une nouvelle conquête. Vers la fin d'octobre, au plus frais de l'automne, Wenqing ne revint plus dormir avec elle ; elle emporta bien sûr l'objet dont elle disait qu'il avait été acheté par son père à Shanghai pour une somme rondelette, et dont il lui avait fait cadeau l'année où elle était arrivée à l'école.

Extrêmement affligée, Xiuyue versa force larmes et n'avait en son for intérieur qu'un seul projet : regagner les faveurs de Wenqing, ou, si cela s'avérait impossible, trouver le moyen de se venger.

Naturellement, son premier geste fut de rédiger un billet de rupture indigné qui eut pour effet de ramener Wenqing dans son lit toute une semaine. Mais au terme de cette semaine, Wenqing ne revint plus. Alors, non sans peine, elle mena son enquête sur cette nouvelle petite amie.

De deux ou trois ans plus âgée que Wenqing, elle s'appelait Shi Lijuan et venait d'intégrer l'école en première année. Personne ne semblait très renseigné sur l'histoire de son enfance. Tout ce qu'on en savait, c'était qu'un modeste seigneur de la guerre de Shanghai l'avait fait sortir d'un refuge pour filles repenties[1]. Il lui avait ensuite loué une mansarde, mais, ses autres épouses ayant eu vent de l'affaire, il s'en était suivi de violentes disputes. Il s'était résigné à dire qu'il rompait avec elle toute relation. En fait, il l'avait fait secrètement entrer dans une école de filles de Shanghai. Elle y était restée près de trois années, durant lesquelles il lui avait maintes fois rendu visite en cachette mais, alors qu'elle était sur le point d'être diplômée, le secret avait été dévoilé car la directrice de l'école était venue réclamer de l'argent à la résidence du seigneur. De longs détours l'avaient finalement conduite dans cette école de filles à Hangzhou.

Elle avait le visage allongé malgré des traits sans relief, et sa peau était d'une blancheur presque maladive. De taille moyenne, elle était d'une élégante minceur. Impossible de trouver, dans aucune autre école, une bouche aussi large

1. Elle était donc considérée comme une fille de mauvaise vie, catin ou fille ayant déjà consommé l'acte charnel avant le mariage.

que la sienne. Ses yeux, à la commissure de paupières légèrement tombante étaient d'une vivacité sans égale et, quand elle vous guignait de son regard limpide, tous tombaient sous le charme dont elle savait fort bien jouer.

Quand elle eut fini de mener son enquête sur Lijuan, Xiuyue chercha jour après jour le moyen de se venger.

Un soir, après dîner, il soufflait un vent d'automne glacé et il s'apprêtait à pleuvoir. Quelques élèves se promenaient sur le terrain de sport. Parmi ces rares promeneurs, Xiuyue aperçut soudain Wenqing et Lijuan marchant ensemble main dans la main, et même si cela faisait près d'un mois que leur relation s'était distendue, Xiuyue la voyait avec Lijuan pour la première fois.

Tandis que, de loin, elle les suivait du regard, les deux autres ne s'étaient aperçues de rien et continuaient, têtes inclinées, à marcher en bavardant. Le regard de Xiuyue s'enflamma alors, et, s'étant dissimulée derrière de gros arbres dont les feuilles jaunies n'étaient pas encore tombées, elle les suivit cependant qu'elles continuaient à discuter avec animation. Arrivées dans la courbe du terrain, elles firent demi-tour, et c'est alors que Xiuyue, dévoilant sa présence, se rua vers elles, empoigna d'abord Lijuan par les seins en la griffant au visage, puis fit volte-face et, vociférant, entraîna Wenqing qui s'apprêtait à fuir. Pendant que Xiuyue et Wenqing se disputaient violemment, Lijuan, légèrement blessée, et qui était habituée à ces scènes de jalousie, s'était enfuie vers le dortoir en prenant ses jambes à son cou.

Dans l'obscurité du terrain de sport balayé par un vent qui les glaçait jusqu'aux os, Xiuyue et Wenqing bataillèrent au milieu des larmes, des invectives et des supplications, et ne rentrèrent qu'à l'heure du coucher. Ce soir-là, Xiuyue remporta une victoire : Wenqing revint passer la nuit avec elle.

Mais, finalement, sa stratégie fut un échec car l'incident de cette soirée resserra les liens qui unissaient Wenqing et Lijuan.

Xiuyue, qui avait épuisé tous ses recours, se retrouva désespérée et sans force, quand, au plus profond de son abattement, lui revinrent en mémoire les paroles de Shifen : « On ne peut faire confiance à la beauté de la chair, seule demeure à jamais la beauté de la force de caractère, là se trouve la vraie grandeur. »

A son corps défendant, elle décida alors de changer d'orientation pour se vouer désormais tout entière à la libération et à la reconstruction de la société. Mais cet idéal sonnait creux car il n'y avait dans cette profession de foi rien de très authentique. Sa chair déjà la tenait éloignée de cette longue passerelle étroite, voie austère pleine d'embûches. De plus, ses sentiments, ses remords et sa rancœur l'empêchaient d'abandonner Wenqing, qui avait toujours été méprisée par toute l'école et dans le piège de laquelle elle était tombée par l'effet d'une soudaine faiblesse.

Tous ces éléments, auxquels s'ajoutait la complexité de son état d'esprit, la conduisirent, après l'échec de sa tentative de vengeance, à tenter un tout dernier stratagème. Un soir, elle se rendit à l'hôtel pour passer la nuit avec le professeur Li Dezhong, qu'à l'école chacun s'accordait à croire l'amant de Wenqing. Mais ce dernier se révéla trop âgé et flanqué d'une épouse connue pour être une vraie diablesse. Ce qui est sûr, c'est que le professeur Li ne put jamais satisfaire les ardeurs de Xiuyue et son désir de trouver un confident.

Quelque temps avant les examens, alors que Wenqing allait bientôt quitter l'école avec son diplôme en poche, elle ne trouva rien d'autre à faire, après y avoir longuement réfléchi, que se jeter dans les bras du professeur Zhang qui adorait Shifen, pour trouver enfin auprès de lui un soutien provisoire.

16

Wenqing, désormais diplômée, avait quitté l'école lorsque Xiuyue intégra la troisième année. Shifen ayant disparu et Wenqing n'étant plus là, Xiuyue chercha avec la dernière énergie quelqu'un à qui elle puisse se confier entièrement, quelqu'un sur qui elle puisse s'appuyer et reporter toute la fougue de ses sentiments, mais sans succès.

Au long de ces six derniers mois, les vicissitudes de sa vie affective avaient mis à la torture son cœur, qui distillait le nectar de l'amertume, mais l'expérience lui avait cependant appris à scruter les sentiments et à exercer sa domination sur les hommes. Elle se garda désormais de tout enthousiasme et affermit sa volonté. Ainsi, pendant les classes ou les congés, elle pouvait bien aller à l'hôtel ou faire quelques excursions avec le professeur Zhang, elle n'en parvenait pas moins à garder l'entière maîtrise de ses sentiments et de ses actes. Elle donnait en tout point son amour comme on dispense une aumône, et d'ailleurs, l'amour de l'autre, elle n'en voulait pas, son absence ne l'eût pas plus dérangée que ça, aussi l'autre devait-il admettre qu'elle tenait toujours en main les rênes de son existence.

Après les vacances, alors qu'elle se débattait dans cette relation dont elle était sortie victorieuse par la force de sa volonté, elle obtint des nouvelles de Wenqing par on ne sait trop quels détours. Celle-ci s'était mise en ménage, près du lac de l'Ouest, avec le fils d'un vieux domestique du dortoir ouest. Autrefois employé lui-même comme domestique à l'école des Vers-à-Soie du port de Jinsha, ce jeune homme aux traits délicats et efféminés avait à peine dix-huit ans et, plusieurs fois, Xiuyue l'avait aperçu, les dimanches, lorsqu'il venait rendre visite à son père. Cette nouvelle remplit son cœur d'une émotion étrange car l'amour qu'elle vivait aujourd'hui avec le professeur Zhang n'avait rien de comparable avec celui qu'elle avait ressenti pour Wenqing, et les amours entre sexes opposés lui semblèrent un échec cuisant.

Elle modifia donc son comportement vis-à-vis du professeur Zhang. Elle avait cru un moment pouvoir trouver un asile chez cet homme mais, désormais, ce refuge qui ne la rassurait ni ne la comblait ne lui était plus nécessaire.

Sa relation avec Zhang devint plus distante et était sur le point de se rompre quand, en hiver de cette même année, de grands changements intervinrent dans la politique chinoise, des changements tels que la Chine n'en avait encore jamais connus.

Les combats que se livraient entre eux les seigneurs de la guerre connurent leurs derniers développements. Les bandits du groupe du Fengtian[1] s'étaient emparés de Nankin depuis peu, lorsqu'ils en furent chassés par les pirates criminels du Fujian qui, commandés par Sun Chuanfang[2], se livraient à toutes les exactions possibles : trafic d'opium, pillages, viols, meurtres et incendies. Mais Sun Chuanfang n'occupait les cinq provinces du bas Yangzi que depuis quelques mois quand il fut entièrement encerclé par les armées de l'expédition du Nord[3] du gouvernement révo-

---

1. Le pouvoir réel, en Chine, appartenait alors aux militaires. Parmi ceux-ci se distinguait le très influent maréchal Zhang Zuolin (1873-1928), ancien chef de bandits devenu maître de la Mandchourie avec l'appui du Japon ; il était le chef du groupe dit du Fengtian.

2. Seigneur de la guerre qui contrôlait les cinq provinces du bas Yangzi. Les journalistes occidentaux de l'époque appelaient de tels personnages les « super-*dujun* », c'est-à-dire en fait des inspecteurs généraux qui faisaient régner la terreur par les exactions décrites ici par l'auteur.

3. Sun Yat-sen, alors réfugié à Canton, avait été élu par les parlementaires du « vieux Parlement » de 1912 président extraordinaire

lutionnaire de Canton, dirigées par la Troisième Internationale[1] avec le soutien des ouvriers et des paysans. Leurs troupes avaient pris la ville de Wuhan et gagné la province du Fujian pour se retrouver à la limite des frontières de la province du Zhejiang. Les civils accueillirent ces soldats des armées de la révolution avec la seule crainte de n'en faire pas assez et leur offrirent vivres et boissons. Mais le reste de la troupe des seigneurs de la guerre se devait de cracher une dernière fois son venin avant d'abandonner sa sphère d'influence, et ces soldats se rendirent coupables de crimes sans nom auprès d'une population innocente. Hélas, les bandits de Sun Chuanfang cernèrent simultanément de nombreuses écoles de filles de Hangzhou, et plusieurs milliers de leurs élèves devinrent dès lors les victimes expiatoires des territoires soumis. Personne ne saurait dire combien de malheureuses adolescentes périrent après avoir été violées à plusieurs reprises. Mais par chance, l'homme sur lequel tomba Xiuyue était officier subalterne[2] et, à l'issue de la nuit passée avec lui, elle réussit à s'échapper par la porte de derrière pour regagner sa maison.

---

de la République. Il n'avait en vérité pratiquement aucun pouvoir, mais nourrissait l'ambition, avec le Guomindang, de partir de la « base révolutionnaire » de Canton pour ensuite « punir le Nord » et le reconquérir ; l'expédition aura lieu en 1926-1927.

1. Egalement connue sous le nom de Komintern, fondée à Moscou par Lénine (1919-1943).

2. Sous-entendu : il ne s'est pas comporté en parfait soudard. Elle n'échappe sans doute pas au viol, mais au meurtre.

Les bourgeois de Hangzhou avaient alors déserté la ville et la plupart de leurs demeures étaient vides. Après sa fuite, Xiuyue et ses parents, perdus au milieu de milliers de réfugiés, se précipitèrent vers la gare de Hangzhou. Le train qu'ils prirent fut le dernier à assurer la liaison avec Shanghai : par la suite, les relations ferroviaires entre Hangzhou et Shanghai furent suspendues.

Toute la famille avait donc fui précipitamment à Shanghai, où elle logea dans un premier temps à l'hôtel, avant de louer à une famille de notables, les Dai, dans le quartier ouest de la ville, un appartement en rez-de-chaussée. Ils avaient l'intention d'y séjourner longtemps.

Cette demeure, comportant deux bâtiments avec étage, se trouvait dans une impasse, et son propriétaire travaillait dans une banque. Outre Xiuyue et ses parents, un autre locataire logeait seul à l'étage et travaillait comme rédacteur dans une librairie qui faisait également office de maison d'édition[1].

Aux dires de la domestique du propriétaire, femme entre deux âges originaire de Shaoxing, ce M. Wu, qui avait vingt-cinq ans, était sans nul doute un homme vertueux comme Shanghai en comptait peu. On ne lui connaissait d'ailleurs aucune fréquentation féminine et il n'avait jamais découché un seul soir. Il était locataire depuis déjà deux ans et, quand la femme du propriétaire

1. Une telle pratique était très courante à cette époque où de très nombreuses revues foisonnaient.

l'invitait à descendre manger au Nouvel An ou lors des fêtes, il se montrait toujours aussi timide et réservé qu'une jeune campagnarde.

De plus, il avait toujours payé son loyer rubis sur l'ongle, et en toute occasion il se montrait généreux en pourboire envers les petites gens comme elle ou le tireur de pousse du propriétaire.

Toutes ces paroles élogieuses de la domestique sur ce locataire éveillèrent chez Xiuyue la curieuse envie de voir enfin à quoi pouvait ressembler cet « homme de bien[1] ». Quand elle se levait le matin, il était déjà parti travailler à la librairie. Le soir, à peine revenu, il montait directement chez lui ; aussi, bien que Xiuyue habitât sous le même toit depuis près d'une semaine, elle n'avait pas encore eu l'occasion de l'apercevoir.

Mais le deuxième dimanche, après déjeuner, alors que l'air se faisait doux comme aux premiers jours du printemps, Xiuyue entendit s'ouvrir la fenêtre du premier étage, et un homme à l'accent de Ningbo[2] demander à mère Jin, la servante, de bien vouloir installer les perches de bambou[3] pour qu'il puisse y faire sécher ses vêtements. De sa chambre, elle vit apparaître quelques instants plus tard, dans le cadre de la fenêtre à l'étage en face, un visage fin qui respirait la douceur. Il avait la

---

1. Terme par lequel Confucius qualifie le sage qui possède et applique les grandes vertus morales.

2. Principal port de la province du Zhejiang, au nord-est de celle-ci.

3. Perches qui se rejoignent d'une fenêtre à l'autre (les deux bâtiments se faisant face) et sur lesquelles on enfile le linge à sécher.

peau blanche, les traits allongés et un nez droit, avec des yeux un peu plus grands que les gens ordinaires. Tandis que l'homme, penché à sa fenêtre, étendait dans ce puits de jour sa tunique en poil de chameau et sa chaude veste de serge, Xiuyue fut soudain gagnée par la surprise : ce visage lui semblait étrangement familier. Puis, après quelques instants de réflexion, elle esquissa un sourire ; en fait, les traits de cet homme lui rappelaient ceux de Shifen.

17

Entre la fin de 1926 et le début de 1927 – l'an XVI de la république de Chine –, la rumeur injustifiée[1] d'une terreur blanche[2] se répandit dans la région de Shanghai et de Hangzhou. L'armée nationale révolutionnaire, que le Guomindang[3]

1. L'auteur utilise ici un proverbe que nous avons rendu par « injustifiée » et qui littéralement se traduirait par « la rumeur du craquètement des grues ». L'expression tire son origine de l'épisode d'une bataille où les armées défaites d'un roi, dans leur fuite, prirent le craquètement des grues pour la clameur de leurs poursuivants. L'expression est aujourd'hui utilisée pour évoquer un affolement qui n'a pas de raison d'être.

2. Le blanc, dans la terminologie marxiste, symbolisait la contre-révolution et les classes dites « réactionnaires », et par voie d'extension tout ce qui, de près ou de loin, pouvait s'opposer aux forces communistes. Ici, les blancs sont les seigneurs de la guerre contre lesquels combattent les forces unies du Guomindang et du jeune parti communiste chinois.

3. Parti national du peuple, constitué dès la fin de l'empire, en 1912. Sun Yat-sen en fut une des principales figures. Dans la période que couvre le roman, le Guomindang prend le pouvoir et établit un régime autoritaire, instaurant *de facto* une dictature de parti.

contrôlait d'une main de fer, soutenue partout dans l'ombre par des paysans et ouvriers anonymes, avait franchi les monts des Nuages-des-Immortels[1], et s'était peu à peu rapprochée de Hangzhou.

Passé le Jour de l'an, la vingt-neuvième armée de route de l'armée nationale révolutionnaire fondit sur Hangzhou sans coup férir, tandis que le drapeau rouge flottait sur l'entière province du Zhejiang. Seules Wusong[2] et Shanghai étaient toujours détenues par les dernières troupes de Sun Chuanfang, seigneur de la guerre de la vieille garde, mais, en un soir, une immense peur les gagna et elles prirent alors conscience que leur dernière heure avait sonné depuis longtemps.

Dans le tourbillon de ces grands changements politiques, certains s'apprêtaient à réveillonner et à fêter le Nouvel An du calendrier lunaire : la petite et grande bourgeoisie shanghaienne comme les marchands étrangers et *compradores*, qui, tous, coulaient des jours protégés sous le drapeau de l'impérialisme étranger, et s'affairaient en toute quiétude à reconduire le dieu du Foyer[3] et à dire adieu à l'année finissante.

---

1. Chaîne de montagnes peu élevées, située dans le Nord du Fujian et le Sud du Zhejiang.

2. Ville au confluent des fleuves Huangpu et Yangzi, toute proche de Shanghai.

3. Ce dieu, éminemment domestique, surveille les actes et les paroles des membres de la famille dans laquelle il réside, et il en tient un registre. Tous les ans, le vingt-troisième jour du douzième mois, il monte au Ciel faire son rapport à l'auguste de Jade, qui, d'après ce rapport, donnera du bonheur ou du malheur à la famille en

Le soir du réveillon, le propriétaire de la famille de Xiuyue, qui travaillait dans une banque de la haute finance et qui n'était pas inquiet outre mesure, apprêta dans la salle de réception une magnifique table de banquet et convia tous ses locataires à venir réveillonner. C'était le premier février 1927 et, dans le ciel couvert, il y avait comme un espoir de neige.

Tandis que Xiuyue et ses parents étaient assis dans la salle du banquet illuminée où ronflait le poêle, M. Wu, qui habitait l'étage, se faisait attendre. Enfin, il descendit lentement après que le propriétaire, un homme corpulent au visage rond, l'eut plusieurs fois appelé de sa voix de stentor. Pendant que ce dernier faisait les présentations à Xiuyue et à son père, le jeune homme garda la tête baissée, tout rougissant, et prononça à voix basse quelques paroles inintelligibles. M. Dai, véritable géant au visage vermillon, venait de la même contrée que M. Wu et, quand il parlait, il provoquait facilement les rires. Il fit les présentations en ces termes :

« Voici M. Wu, qui vient de la même région que moi. Il loge ici depuis deux ans et s'appelle Wu Yisu, il édite la *Revue des femmes* à la librairie une telle. Mademoiselle Zheng, vous ne risquez

question pour l'année à venir. On lui offre à cette occasion des sacrifices sous forme de bonbons spécialement confectionnés et de paille pour son cheval. Ce dieu est représenté par une image en papier placée dans une sorte de petit temple en bois, au-dessus du foyer ou dans un autre endroit de la cuisine. Chaque jour de l'année, on brûle devant son image trois bâtonnets d'encens matin et soir.

rien à vous lier d'amitié avec lui car il a un tempérament de jeune fille. Voyez comme il rougit ! Ma femme s'est amusée à le taquiner à plusieurs reprises, et il a presque failli fondre en larmes ! »

Sa femme fit mine de le sermonner et l'interrompit :

« Arrête donc là tes bêtises, ce soir, c'est le réveillon, non ? Tu t'es assez couvert de ridicule avec M. Wu ! » Ces badineries firent éclater de rire toute l'assemblée.

Au cours du dîner, Xiuyue l'observa à loisir tandis que le jeune homme se tenait coi et gardait la tête baissée, absorbé par son repas. Il ne buvait pas une goutte d'alcool. Alors que le propriétaire Dai Cishan et Zheng Qufei devisaient de choses et d'autres, il avait déjà reposé bol et baguettes et, son repas achevé, restait sagement assis.

Ce soir-là, après avoir éclusé quelques verres, Zheng Qufei, plein d'entrain, ce qui ne lui ressemblait pas, évoqua sa vie passée puis se mit à discuter des récents événements avec Dai Cishan. Finalement, il remarqua l'écrasant silence de Wu Yisu qui, assis tout raide dans son coin, continuait à baisser la tête. Il ramena alors la conversation vers lui et le soumit à un interrogatoire minutieux.

Mais, pour trois questions qu'il lui posait, M. Wu n'accordait tout au plus qu'une réponse et, la plupart du temps, c'était le propriétaire qui faisait les réponses à sa place.

Bien que les deux hommes fussent originaires de Ningbo, ils ne se connaissaient pas auparavant.

Lorsque, deux années plus tôt, M. Dai avait fait publier une annonce pour chercher un locataire, comme il l'avait fait pour la famille Zheng, il avait donné son accord pour qu'emménage chez lui ce jeune homme au statut social fort convenable. M. Wu avait perdu ses parents depuis longtemps, il ne possédait pas de biens et tous ses frais d'étude jusqu'à son diplôme secondaire à l'école numéro quatre de Ningbo avaient été pris en charge par un oncle, Wu Zhuoren, rédacteur dans une maison d'édition. Maintenant que Wu Zhuoren était parti au Shandong comme directeur d'une école de filles, Wu Yisu restait donc seul à Shanghai. A l'origine, son oncle était rédacteur en chef de la *Revue des femmes*. Lorsque Wu Yisu eut obtenu son diplôme, il n'eut pas les moyens financiers de poursuivre à l'université ; son oncle fit donc tout son possible pour le faire entrer dans la maison d'édition où lui-même travaillait, et où son neveu s'initia à la correction d'épreuves. Puis, au bout de deux ans, ayant grimpé un échelon, il assista son oncle comme rédacteur en second, chargé de l'édition de la *Revue des femmes*. Mais depuis deux ans que Wu Zhuoren s'en était allé pour devenir chef d'établissement, son titre de rédacteur en chef était purement formel car en vérité Wu Yisu, son neveu, en assumait maintenant la direction.

Tels furent les renseignements que donna, à la place de Wu Yisu, M. Dai à Zheng Qufei.

A l'évocation du nom de Wu Zhuoren, le cœur de Xiuyue se mit à battre la chamade. En effet, lorsqu'elle était amie avec Shifen, elle avait souvent vu ce nom dans des revues. Dans son école, bon nombre d'élèves étaient abonnées à la *Revue des femmes*. Elle éprouva du regret en écoutant cette conversation. En effet, depuis que Shifen était partie, elle avait été absorbée par des soucis sentimentaux la majeure partie de l'année, ses lectures s'étaient raréfiées et elle ne lisait même plus de revues : aussi tout ce qui concernait le milieu culturel chinois et le monde des femmes lui était désormais étranger. Pendant qu'il parlait à son père, elle observait en silence les traits timides de Wu Yisu, qui n'osait lever les yeux, et, en son for intérieur, elle prit la résolution d'avoir de plus hautes visées.

« Dorénavant, je dois lire davantage ! Et mieux connaître l'époque dans laquelle je vis ! Avoir quelqu'un comme lui tout près de moi est une occasion que je ne dois pas laisser passer et ça me sera certainement bien plus profitable que d'entrer à l'université ! »

Tandis qu'elle était ainsi plongée dans ses réflexions, la conversation de Dai Cishan avec son père avait bifurqué sur elle.

« Elle aura dix-sept ans cette année et, même si elle est diplômée, elle n'est encore vraiment qu'une petite ignorante. Il faudra absolument que je vous demande conseil ainsi qu'à M. Wu pour les problèmes que posera la suite de ses études. »

A ces paroles, Wu Yisu leva enfin les yeux et jeta à la dérobée un regard à Xiuyue. Elle-même l'avait observé une bonne partie de la soirée, mais ce fut là le premier regard qu'il lui lança.

Il était plus d'une heure du matin quand les convives se levèrent de table. Wu Yisu remonta aussitôt chez lui tandis que le propriétaire, sa femme et les parents de Xiuyue commençaient une partie de mah-jong. Pendant ce temps, Xiuyue s'était assise près de sa mère pour les regarder jouer et bavarder, mais le propriétaire ayant incidemment proposé d'être son entremetteur, elle se sentit gagnée par la gêne et retourna dans sa chambre.

18

Le dix-neuf février, l'armée nationale révolutionnaire, qui avait progressé vers l'est en suivant la voie ferrée, arriva à Linping[1]. Elle ne rencontra aucune résistance, et les derniers seigneurs de la guerre de Wusong et Shanghai furent promptement éliminés. Alors, même si de nombreux combattants et étudiants périrent sous le sabre des hommes de Sun Chuanfang, les travailleurs de Shanghai se rassemblèrent. Cette immense oppression avait enfin uni le prolétariat chinois qui n'avait pu être exterminé. Les mots d'ordre étaient d'exiger le retrait de Shanghai des troupes anglo-américaines, d'abattre les seigneurs de la guerre, de recouvrer les concessions internationales et de renverser les impérialismes. La grève

1. Ville située à quelques kilomètres au nord-est de Hangzhou.

générale sans un seul jour de répit[1] ne prendrait fin que lorsque ces objectifs seraient atteints. Les ouvriers étaient fermement résolus à laver de leur sang les humiliations subies par la Chine depuis des dizaines d'années.

La panique s'empara des seigneurs de la guerre et des impérialistes, si bien que les assassinats se multiplièrent et que l'état de siège fut renforcé dans les concessions. Tous ces gens révélèrent alors pleinement leur veulerie. Désemparés, ils en vinrent à se conchier de trouille. Le « paradis des aventuriers[2] » était devenu, en moins de temps qu'il n'en faut pour le dire, une cité écrasée par la terreur.

Les ouvriers de Shanghai, qui avaient consenti de si lourds sacrifices, s'étaient mis en grève dans l'attente des armées révolutionnaires, qui leur étaient acquises, cependant qu'au sein de ces troupes de nouveaux seigneurs de la guerre se révélaient peu à peu : aussi ces armées se faisaient-elles désespérément attendre. Finalement, cette tragique première grève générale fut ruinée par les jaunes[3], et bien des inconnus au cœur droit qui tombèrent sous le sabre de leurs ennemis ne purent que rejoindre l'au-delà, sans avoir été

1. Allusion à la grande grève générale de février 1927 à Shanghai.

2. Nom donné à Shanghai à cette époque, tombé en désuétude après 1949.

3. Ouvrier qui refuse de prendre part à une grève ; les « syndicats jaunes », dont l'insigne était un genêt et un gland jaune, avaient été créés en 1899 contre les syndicats ouvriers.

vengés, pour se transformer en esprits errant dans les pleurs et les gémissements de l'abysse.

Mais le cours de la révolution était comme une vague irréversible, et un mois s'était écoulé quand, le vingt et un mars, un détachement de soldats révolutionnaires se rendit enfin maître de Longhua[1], tandis que les ouvriers et paysans shanghaiens, forts de soixante-dix mille hommes, se soulevaient en une nouvelle grève générale qui fit trembler ciel et terre.

Au soir du vingt mars, certains habitants des quartiers de Zhabei, Nanshi et Wusong, les uns brandissant faucilles et haches, d'autres pistolets et baïonnettes, avaient chargé en ordre dispersé les dernières troupes de Sun Chuanfang, au péril de leur vie.

En une lutte acharnée, les hommes se battirent au corps à corps et, au soir du vingt-deux, les durs combats que menaient les révolutionnaires furent couronnés par la victoire, car les bandits du Fujian furent défaits et tués jusqu'au dernier.

Ce même soir, plus d'une cinquantaine d'ouvrières de la filature de coton Dahua à l'ouest de la ville, ayant toutes passé un brassard rouge, profitèrent de l'obscurité pour se ruer sur un commissariat, près du passage de la Famille-Cao.

Parmi elles, il y avait une très belle femme au visage allongé et aux yeux d'un noir de jais qui

1. Nom d'une pagode célèbre construite sous les Song et située au sud-est de Shanghai. Ici, il s'agit du quartier qui entoure cette pagode.

ne semblait pas être d'origine ouvrière. Pourtant, lorsqu'elles furent parvenues devant le poste de police et eurent encerclé l'homme en faction, ce fut cette femme à l'apparence si frêle qui désarma le policier à la solde des militaristes. S'étant emparées de son fusil, elles firent irruption dans le bâtiment en faisant voler en éclat les vitres, brisant tables et chaises, abattant portes et cloisons, lorsqu'enfin, blessée à l'épaule droite par une baïonnette, cette femme tomba évanouie.

La mêlée dura ainsi quelque vingt ou trente minutes, les ouvrières perdirent une des leurs et une douzaine d'autres furent blessées, mais, finalement, les policiers vaincus par le nombre détalèrent sans demander leur reste. A l'arrivée des hommes de la milice ouvrière, on ramena chez elles celle qui avait péri et les blessées, que l'on soigna. La jeune femme qui avait été blessée à l'épaule et s'était évanouie après avoir perdu trop de sang finit par ouvrir ses grands yeux sur le lit de la mansarde où elle logeait.

Quand il la vit remuer la tête, le jeune ouvrier qui la veillait au pied du lit sous la lumière de la lampe blafarde se leva aussitôt et s'approcha de son visage.

« Ah, Shifen, tu es réveillée ? Bien, bien, je vais te donner tout de suite de l'eau chaude à boire. »

Elle remua la tête pour lui signifier qu'elle n'avait pas envie de boire. Puis elle s'éclaircit la gorge, et son visage laissa paraître une grimace de douleur. Elle fit un effort pour ouvrir la bouche et se mit enfin à parler tout doucement.

« A Liu ! Avons-nous été victorieuses ?

— Oui, et ce fut une grande victoire ! Nous avons défait toutes les troupes du quartier de Zhabei, et maintenant les groupes de maintien de l'ordre et les volontaires du syndicat contrôlent tout, du passage de la Famille-Cao jusqu'aux abords du secteur de Wusong. »

Sous ses sourcils froncés, son visage douloureux laissa paraître une esquisse de sourire. Alors, elle bougea la tête et détourna le regard pour observer enfin son épaule.

La moitié de sa veste molletonnée bleue était imbibée de sang, et on lui avait ôté la manche droite, qui reposait maintenant sous sa main. Son épaule droite, de l'omoplate jusqu'à l'aisselle, était entourée d'un gros morceau de coton recouvert par de la gaze ; il était noir de sang, attestant que l'hémorragie n'était pas encore stoppée. Depuis la taille jusqu'aux pieds, on avait étendu sur elle une couverture de coton grise. Sa main gauche toujours fourrée dans sa veste molletonnée reposait sur la couverture.

Quand elle se fut ainsi examinée, la douleur se lut sur son visage. Alors, le jeune ouvrier A Liu lui redemanda :

« Tu n'as pas envie de boire ? »

Comme à regret, elle fit un signe d'assentiment, et il ouvrit le thermos d'eau bouillie posé sur la table blanche, versa un verre d'eau chaude qu'il porta à ses lèvres.

Faisant mine de vouloir s'asseoir, elle se mit à remuer mais, laissant échapper un cri de douleur, elle se rallongea immédiatement. A Liu la maintint couchée en posant la main sur son épaule gauche.

« Ne bouge pas, lui dit-il avec empressement, je vais te donner à boire, tu n'as pas besoin de bouger. »

Elle but la moitié du verre d'eau chaude à petites gorgées mais s'étrangla.

« Je n'en veux plus », lui dit-elle en secouant la tête.

A Liu s'éloigna et, pendant qu'il reposait le verre sur la table de bois blanc, elle bougea la tête pour regarder le lit qui faisait face au sien.

Alors seulement, lorsqu'elle vit le matelas ouaté en coton rouge et les nombreux vêtements épars sur le lit vide, elle s'affola.

« A Liu ! Et A Jin ?

— Euh… Euh… A Jin ? Elle, elle…

— Comment va-t-elle ?

— Elle est là-bas…

— Mais où ça ?

— A l'usine.

— Mais qu'est-ce qu'elle y fait ?

— Eh bien, elle se repose.

— Pourquoi n'est-elle pas revenue dormir ici ?

— Elle aussi…

— Est blessée ?

— Oui, oui… »

Soudain, deux grosses larmes coulèrent sur les joues d'A Liu.

« A Liu, elle… elle est morte ? »

Il acquiesça en sanglotant et s'essuya les yeux de sa main droite gercée et noire de crasse.

Shifen serra les dents, fixa quelques instants, les yeux grands ouverts, le plafond chaulé, puis referma les yeux. De la commissure des paupières jusqu'à ses oreilles roulèrent alors deux larmes glacées, tandis qu'à la fenêtre se levaient déjà les premières lueurs du jour.

19

Alors que Shifen gémissait et soignait dans sa mansarde son épaule droite blessée, Xiuyue, ignorant qu'elles habitaient toutes deux Shanghai et que seuls quelques lis[1] les séparaient, eut l'occasion de se rapprocher de Wu Yisu.

Quand l'armée révolutionnaire eut attaqué Shanghai et après les combats de Zhabei et de Nanshi, les habitants des concessions jusque-là engourdis commencèrent à ne plus se sentir en sécurité, et on s'arracha les journaux d'information.

A l'origine, les parents de Xiuyue étaient abonnés aux *Nouvelles*, le propriétaire au *Journal de Shanghai* et le locataire du premier, M. Wu, au *Quotidien de la république*, qui était un organe de propagande du Guomindang. Zheng Qufei, qui n'avait pas d'occupations, n'avait rien trouvé de mieux que de lire chaque jour plusieurs journaux pour apaiser un peu ses inquiétudes. Outre le quotidien auquel il était abonné, il fut obligé de demander à Dai Cishan et à Wu

1. Un li correspond à environ cinq cents mètres.

Yisu de lui prêter les leurs. Au début, la mission d'aller chaque jour emprunter et rendre les journaux avait été confiée à mère Jin, la domestique de la maison. La famille de Xiuyue n'ayant pas de servante, mère Jin leur préparait les repas. Quoique le propriétaire n'eût pas d'enfant en bas âge et que les occupations domestiques fussent sommaires, mère Jin devait cependant s'occuper de trois familles et s'activait du matin au soir. Lorsqu'elle préparait le dîner, elle n'avait pas le temps de faire autre chose, aussi confia-t-on à Xiuyue la mission d'emprunter et de rendre chaque jour les journaux.

Au début, lorsque le soir Wu Yisu revenait, Xiuyue montait seulement lui rendre le journal, sans rentrer dans son appartement. Par la suite, comme elle était aussi chargée d'emprunter le journal le dimanche, elle se mit à franchir petit à petit le seuil de sa porte. Wu Yisu était un homme très respectueux d'autrui, qui n'osait déranger personne. Quand il eut compris combien Zheng Qufei s'intéressait à la lecture des journaux, puisqu'il allait chaque jour à la librairie, il descendit lui-même le quotidien, qu'il remettait d'abord à mère Jin pour qu'elle le fasse passer. Mais, le dimanche, il avait peur qu'on ne se moque de sa prévenance excessive au cas où il aurait descendu le journal comme il en avait l'habitude, alors qu'il ne sortait pas. Un autre jour de la semaine, personne n'eut remarqué qu'il descendait le journal. Mais comme il restait cloîtré chez lui tous les dimanches, sans doute son attitude eût-elle semblé curieuse s'il était descendu de chez lui avec le journal.

C'est pour cette raison que Xiuyue montait souvent le lui emprunter quand arrivait le dimanche. Après une ou deux semaines, quand elle vint lui rendre ses emprunts, elle commença par échanger quelques mots avec lui tout en restant debout. Finalement, elle alla jusqu'à s'asseoir près de son bureau pour bavarder un moment.

Orienté au sud, l'appartement qu'occupait Wu Yisu dans le premier bâtiment était incroyablement lumineux. Bien que l'ameublement fût d'une grande sobriété, l'endroit pouvait paraître très confortable quand le soleil emplissait la pièce durant les clairs matins d'hiver. Le long du mur, à droite de la porte d'entrée, il y avait un lit en pitchpin, impeccablement fait, toujours recouvert d'un dessus-de-lit aux motifs fleuris d'une propreté parfaite. Contre le mur de droite se trouvait une bibliothèque avec trois étagères en châtaignier, dont la porte vitrée laissait voir des livres occidentaux rouges et verts, portant des lettres dorées, rangés avec soin. Sur le mur de gauche, il y avait une étroite table rectangulaire en palissandre avec, de part et d'autre, deux grandes chaises en rotin. Un grand bureau avec ses deux imposants fauteuils de rotin était placé transversalement à la fenêtre. Deux reproductions de célèbres peintures occidentales encadrées étaient accrochées sur le mur de gauche et, sur le mur d'en face, il y avait une courte calligraphie verticale avec le poème « Sur le fleuve du printemps fleurit une nuit de lune ».

Quand elle s'était liée d'amitié avec Shifen, Xiuyue avait trouvé la culture respectable, la personnalité des gens estimable, et précieuse toute forme de connaissance. Mais après avoir rencontré Li Wenqing, elle avait eu le sentiment que les idées de cette dernière n'étaient pas sans fondement et qu'il n'était au monde rien de meilleur et de plus précieux que l'argent. Désormais, les circonstances différaient. Réfugiée à Shanghai, elle avait fait par hasard connaissance avec Wu Yisu, aussi ses sentiments se trouvèrent-ils quelque peu modifiés et les paroles de Shifen lui semblèrent-elles finalement raisonnables. Pour cette raison, Xiuyue demanda à Wu Yisu de lui prêter deux volumes de la *Revue des femmes* de l'année précédente.

On trouvait dans les rubriques « Essais », « Réflexions » et « Création » de cette revue un nombre important d'écrits d'auteurs connus. Cependant, en feuilletant, elle lut d'abord ce que Wu Yisu avait lui-même écrit ou traduit.

Celui-ci avait une belle plume, et ses essais ou recherches, mesurés et consciencieux, correspondaient bien à l'homme qu'il était. Au vu du contenu de ses nombreuses traductions, il apparaissait comme un idéaliste en adoration devant la féminité. Il chantait les louanges du sentiment amoureux et affirmait qu'un amour idéal et spirituel devait tempérer les appétits charnels. Il vénérait les mères, qui avaient pour principale vocation de former la personnalité des enfants et de les éduquer. Pour ce qui était de la morale en amour, des problèmes du mariage et du travail des femmes, il avait fait connaître Ellen Key, Isaac Babel et Bernard Shaw[1], grâce à d'assez nombreuses traductions de leurs écrits. Au terme de son exposé des thèses de l'Américain Lindsey sur le « mariage de compagnonnage[2] », il avait ajouté en guise de commentaire : « C'est seulement dans une société où l'éducation des femmes est très évoluée que de telles dispositions sont possibles. Si l'éducation des femmes n'en est qu'à ses balbutiements, les hommes peuvent aisément pervertir ces recommandations quand leur moralité s'effondre dans une société où l'on n'exalte pas la discipline. » On pouvait alors aisément présumer quelles étaient ses positions sur les « amours rouges » et les recommandations sur le mariage

1. Ellen Key (1849-1926), pédagogue suédoise partisane d'une absolue liberté des enfants. Isaac Babel (1894-1941), écrivain soviétique victime des purges staliniennes. Ses nouvelles peignent avec force la révolution russe (*Cavalerie rouge*, 1926) et l'univers bariolé des couches populaires d'Odessa. George Bernard Shaw (1856-1950), écrivain irlandais, auteur de romans, d'essais et de pièces de théâtre assez pessimistes tempérés par l'humour (prix Nobel 1925).

2. Benjamin Barr Lindsey (1869-1943). Ce juge, qui officiait à Denver, publia en 1927, en collaboration avec Wainright Evans, un livre intitulé en anglais *Companionate Marriage*. Cet ouvrage devait provoquer une vive polémique car l'auteur y défendait pour l'époque des thèses sulfureuses : la cohabitation avant le mariage, la légalisation des pratiques contraceptives dans le couple et le divorce par consentement mutuel. L'homme devint un ennemi du Ku Klux Klan ainsi que des groupes religieux conservateurs. Que Yu Dafu ait eu connaissance en 1927 de ces événements prouve que l'auteur était très au courant des grandes questions éthiques du moment et des vifs débats qu'elles suscitaient.

en Russie[1], car dans les deux volumes en question de la *Revue des femmes*, il n'avait écrit qu'un ou deux très courts articles sur ces sujets.

Quand Xiuyue eut pris connaissance de ces écrits, elle éprouva un intérêt tout particulier pour l'article dans lequel il faisait l'éloge du sacrifice par amour. Ces amours absolus étaient pour lui d'un extrême intérêt. Il affirmait même que ceux qui se suicidaient par amour étaient des saints infiniment plus glorieux que les martyrs de la foi. Après en avoir donné de nombreux exemples venus de la Chine ou de l'Occident d'autrefois et d'aujourd'hui, il avait finalement forgé le précepte suivant : « Nous, jeunes hommes et femmes qui sommes habités par le feu de la passion, devons, avant de connaître l'amour, posséder un cœur prêt à se sacrifier pour lui, et, quand l'amour est consommé, toujours garder en nous l'idée qu'à tout moment on doit pouvoir lui sacrifier sa vie. »

Elle fut émue par les articles de Wu Yisu. Quand elle eut fini de lire celui dans lequel il évoquait les personnages grecs Héro et Léandre[2], elle

---

1. Au cours des années vingt, il y eut une période de grande liberté sexuelle chez les soviets, où la liberté de mariage était totale, où le divorce et l'avortement étaient libres ; les choses changèrent sous Staline. Ces « amours rouges », qui ressemblaient à des expériences d'amour libre, sont à l'opposé des thèses défendues par Wu Yisu.

2. Héro, prêtresse d'Aphrodite, et Léandre, jeune homme qui résidait sur l'autre rive du détroit de l'Hellespont, s'aimaient, mais le mariage leur était impossible car Héro était consacrée à la déesse. Pour garder leur amour secret, ils décidèrent que Léandre traverserait le détroit à la nage chaque nuit et repartirait au matin. Héro allumait une lampe à la fenêtre de la tour pour le guider. Par une nuit

fondit tout naturellement en larmes. Elle découvrit probablement ce texte dans la nuit du treize ou du quatorze, et son excitation fut telle qu'après en avoir achevé la lecture elle ne put trouver le sommeil. Une fois les deux volumes refermés et la lumière éteinte, comme hébétée, elle s'approcha de la table jouxtant la fenêtre pour s'asseoir dans le silence. La lumière argentée de la lune traversait les vitres. Penchant la tête, elle contempla un coin de ciel couleur de nuit, profond et insondable. A l'étage du bâtiment d'en face, la lampe du bureau de Wu Yisu rougeoyait toujours. Elle eut le sentiment de voir comme l'étendue de l'Hellespont, ses vagues vertes et ses eaux de printemps. Elle-même était comme cette prêtresse d'Aphrodite, déesse brûlante de passion, et M. Wu, qui continuait d'écrire un article à son bureau, semblait, tel Léandre, séparé d'elle par un bras de mer.

20

Les[1] nouveaux militaristes, loups déguisés en agneaux, montrèrent enfin leur vrai visage[2]. Cette

---

d'orage, la bourrasque éteignit la lampe et Léandre se noya. Héro l'attendit en vain et, quand elle vit son corps sans vie rejeté sur la grève, elle se jeta dans le vide et périt.

1. Lors de la réédition du texte en 1932 sous le titre *Pardonnez-lui*, quelques mois après son interdiction, les six premiers paragraphes de ce chapitre furent coupés, en raison de la violente charge qu'ils représentaient contre le pouvoir du Guomindang en place.

2. Lorsque s'achevèrent les troubles et les grèves dans les grandes cités, en 1927, l'union de façade entre les troupes du

phase de la révolution terminée, les militaristes révolutionnaires ne voulurent plus du peuple, ne voulurent plus des troupes révolutionnaires paysannes et ouvrières.

Dans la nuit du onze avril 1927, ils envoyèrent donc des forces importantes à Zhabei, Nanshi et ailleurs encercler le quartier général des comités de grève, et le massacre commença. Combattant les mains nues, les masses laborieuses shanghaiennes, qui avaient consenti de lourds sacrifices pour ravir aux dernières troupes de Sun Chuanfang un armement vétuste, résistèrent un jour et une nuit, mais elles furent finalement dépouillées de toutes leurs armes, et les comités de grève tous anéantis.

Shifen n'était pas encore tout à fait remise de sa blessure à l'épaule. Mais quand elle eut appris l'envoi de l'armée pour encercler les grévistes, elle quitta le soir même les quartiers ouest et se rendit pieds nus à Zhabei, sous la pluie. Cependant, les militaristes révolutionnaires avaient établi trois lignes de blocus autour des comités de grève. Toutes ses tentatives pour franchir ces barrières échouèrent et elle resta à errer durant trois ou quatre heures dans la nuit obscure, faisant maints détours sous la pluie. A l'orée du jour, elle finit par trouver un passage au nord de la rue Qiujiang

---

Guomindang et les partisans du parti communiste se déchira, car les armées nationalistes eurent grand-peur d'être débordées par la présence des communistes. La scission de ce « front uni » contre les seigneurs de la guerre devenait donc inévitable. Les troupes inféodées au Guomindang sont ici taxées de « militaristes révolutionnaires ».

mais, à quelque distance de là, elle fut de nouveau arrêtée dans sa progression par la troupe.

Le lendemain matin, du nord au sud de la ville, toutes les armes des comités de grève étaient prises et tous les membres des comités tués. Shifen se précipita à Zhabei, vers la bibliothèque orientale de la Commercial Press[1], où elle ne put pas davantage entrer. Ravalant ses larmes et rassemblant tout son courage, elle parlementa pendant des heures avec un soldat qui montait la garde avant d'obtenir enfin la permission d'entrer dans la bibliothèque, qui avait été le quartier général du mouvement, et où étaient entassés les cadavres des grévistes du syndicat. Elle mena des recherches interminables et finit par découvrir la dépouille de Chen Yinghuan, couverte de sang, dans un coin de la grande salle du rez-de-chaussée. Comme il avait pris part, avec l'armée de Canton, à l'expédition du Nord, on l'avait envoyé de Wuhan à Shanghai participer à l'organisation du mouvement de grève générale, trois mois avant que l'armée révolutionnaire n'y parvienne, tandis qu'elle-même était restée à Shanghai.

Alors, le mouvement révolutionnaire chinois changea à nouveau de cap. Après l'établissement du gouvernement des nouveaux militaristes à Nankin, leur premier acte d'importance fut de se rendre aux impérialistes et de rompre les relations avec la Russie soviétique. Harcelée par les

1. Célèbre maison d'édition, toujours citée en anglais par la littérature occidentale.

valets du gouvernement, Shifen quitta la fabrique de coton Dahua à l'ouest de Shanghai pour une usine nouvellement ouverte à l'autre bout de la ville.

Dans cette période où les hobereaux despotiques et les fonctionnaires cupides et corrompus du parti militariste se joignaient aux impérialistes, aux *compradores* et aux propriétaires terriens dans le dessein d'étrangler les masses chinoises, et tandis que la politique revenait à ses pratiques d'autrefois, donnant ainsi le coup d'envoi à un nouvel acte de cette tragi-comédie, l'amour entre Xiuyue et Wu Yisu commença à s'épanouir[1].

Xiuyue, qui avait toujours fait montre d'indécision, se révéla cette fois-ci très courageuse pour manifester son inclination à Wu Yisu. Après plus de six mois passés à connaître la soif, cette jeune femme obsédée par l'amour, qui cherchait appui auprès d'autrui, s'enflamma à nouveau, avec encore plus d'impétuosité et d'exaltation que par le passé.

C'était un dimanche radieux du début de mai. Après déjeuner, les parents de Xiuyue souhaitaient se rendre avec elle à Xianshi[2] pour faire des achats mais, invoquant quelque excuse, elle déclina l'invitation. Après les avoir accompagnés jusqu'à la porte, elle revint s'asseoir près de

---

1. Ecrire une aussi longue protase contre le pouvoir en place en 1932 revenait *de facto* à subir les foudres gouvernementales ; le texte ne pouvait qu'être censuré.

2. Nom d'un très grand magasin de Shanghai, toujours existant.

la fenêtre pour feuilleter les deux volumes de la *Revue des femmes* qu'elle avait déjà souvent lus. Une ou deux fois, par hasard, elle leva les yeux par-delà le puits de jour pour jeter de rapides regards à l'azur du ciel, dont l'étendue limpide lui semblait comme un océan l'invitant à voguer dans son immensité. Après plus d'une demi-heure d'immobilité devant son livre, elle releva les yeux pour regarder au loin le ciel bleuté, et vit soudain Wu Yisu, appuyé à la fenêtre ouverte de l'étage d'en face, les yeux également perdus dans le lointain. Elle avait tout le loisir de l'observer tandis qu'elle restait cachée à ses regards : sa fenêtre à elle étant fermée, eût-il penché la tête que les reflets de la vitre l'auraient empêché de la voir.

Pendant plusieurs minutes, elle garda ainsi les yeux fixés sur lui, l'esprit égaré. Elle était comme frappée de stupeur et son cœur se mit soudain à vibrer. Elle se leva, enfila une robe doublée toute neuve, se regarda dans le miroir, et, attrapant les deux épais volumes reliés de la *Revue des femmes*, elle quitta sa chambre à pas feutrés pour prendre l'escalier.

Le couple des propriétaires devait faire la sieste dans leur chambre latérale, mère Jin reprisait dans la cuisine et le tireur de pousse des propriétaires était allé faire des achats : toute la maisonnée était donc plongée dans le plus profond silence.

Arrivée à la porte de Wu Yisu, elle s'aperçut qu'elle était légèrement entrebâillée. Elle la poussa doucement, fit un pas en avant.

« Monsieur Wu ! » murmura-t-elle, et Wu Yisu, toujours planté à sa fenêtre, fit immédiatement volte-face. En la voyant, il se mit à rougir, tandis que, debout face à lui, Xiuyue s'empourprait également.

« Monsieur Wu, que faites-vous donc à la fenêtre ? lui demanda-t-elle, arborant un léger sourire. Vous n'êtes pas en train de travailler ? Mon arrivée ne vous retarde pas dans votre travail, j'espère ?

— Aucunement, je vous assure ! J'étais fatigué de lire, et je contemplais le ciel. »

Sur ce, il rougit de plus belle.

« J'ai terminé ces deux volumes de revues, je vous en remercie. »

Elle s'approcha du bureau, sur lequel elle les déposa. Alors, Wu Yisu reprit un peu d'assurance, il la regarda et, esquissant un sourire, il approcha une chaise en rotin, l'invita à s'y asseoir en face de lui, tandis que lui-même s'asseyait aussi.

« Alors, qu'en avez-vous pensé ? lui demanda-t-il, levant les yeux pour la regarder en face.

— C'est remarquable, et j'ai particulièrement apprécié vos contributions. J'ai lu et relu plusieurs fois votre article concernant Héro et Léandre. »

A ces mots, Wu Yisu, dont la rougeur s'était atténuée, s'empourpra à nouveau.

« Je vous en prie, ne vous moquez pas. J'ai rédigé ce texte il y a deux ans déjà et, si je l'ai publié par la suite, c'est que je manquais d'articles, ce n'est jamais qu'une œuvre de jeunesse.

— Mais c'est mon préféré, comme d'ailleurs tout ce que vous avez écrit ou traduit, que j'ai dévoré. Je suis remplie d'admiration par la noblesse de votre idéal. »

Alors, le sourire qu'elle venait d'arborer fit place à une expression sincère et candide.

Interloqué, Wu Yisu cligna des yeux et, s'efforçant d'afficher un sourire qui masquait son embarras, il baissa la tête.

« Mais chaque être humain possède un idéal », répondit-il à voix basse.

Puis il releva la tête, eut un clignement d'yeux et, après un instant d'hésitation, il lui demanda enfin avec un sourire gêné :

« Miss[1] Zheng, et vous, quel est votre idéal ?

— Je n'en possède pas d'autre que le vôtre, et j'adhère à toutes vos convictions. »

Ses joues à nouveau s'empourprèrent, il inclina la tête et dit faiblement :

« Je ne suis qu'un utopiste et mes idéaux ne sont que chimères.

— Pourquoi dites-vous qu'ils sont chimériques ? Je les trouve sincères et authentiques, monsieur Wu, monsieur Wu, vous... » dit-elle d'une voix tremblante d'émotion, et ses yeux qui ne quittaient pas Wu Yisu brillèrent comme l'ambre. « Monsieur Wu, n'allez pas croire que, chez les femmes, il n'en est aucune pour avoir des

1. Transcription phonétique du mot anglais ; il s'agit toujours de frapper le lecteur chinois, peu habitué à ces phrases un peu précieuses.

idéaux semblables aux vôtres… Moi, votre idéal, je le trouve juste et légitime, tout à fait légitime. »

Un moment, il resta la tête penchée, silencieux, puis, redressant son visage, il la caressa rapidement des yeux et se tournant vers l'azur du ciel, par-delà la fenêtre :

« Il fait un temps absolument superbe aujourd'hui », dit-il comme s'il se parlait à lui-même.

L'imitant en regardant par la fenêtre, elle marqua un temps d'arrêt et lui demanda, résolue et tentatrice :

« Monsieur Wu, n'avez-vous pas envie d'aller marcher un peu dehors ? »

Hésitant, il n'osa répondre. Ayant lu dans ses pensées, elle lui dit que ses parents n'étaient pas à la maison, qu'elle voulait sortir la première et qu'elle irait l'attendre dehors au coin de la rue. Elle se leva tout en parlant, et descendit l'escalier.

21

L'amour entre Xiuyue et Wu Yisu prit forme au cours des promenades des radieux dimanches après-midi. La compagnie de Xiuyue parvint à tempérer un peu la timidité et la peur des autres qu'éprouvait Wu Yisu. Ils n'avaient d'autres sujets de discussion que la culture, la place des femmes dans la société et autres bavardages. Bien qu'aucun des deux n'eût jamais prononcé un « je t'aime », ils avaient parfaitement saisi les sentiments qu'ils éprouvaient l'un pour l'autre.

Leur amour fut aussi reconnu par les parents de Xiuyue, par le couple des propriétaires, jusqu'à mère Jin la servante, et tous s'accordaient à penser que, si ce couple venait à se marier, cela ferait une alliance des plus heureuses ; aussi veillaient-ils à les laisser ensemble dès que l'occasion s'en présentait.

Vers la fin de juillet, il fallut absolument résoudre la question de l'interruption des études de Xiuyue. Zheng Qufei avait lu dans le journal qu'une université de Wusong recrutait des étudiants des deux sexes, et il chargea Wu Yisu d'accompagner sa fille un dimanche à Wusong pour aller voir cet établissement et s'enquérir des modalités d'inscription à l'examen d'entrée. Lui-même était désormais trop âgé, et, comme il ne comprenait plus rien à la nouvelle éducation, il s'en remettait à l'obligeance de Wu Yisu pour le remplacer dans le choix de l'école et pour tout ce qui concernait l'inscription.

C'était un jour de canicule et le soleil brillait de mille feux. Au matin, Wu Yisu avait pris le train avec Xiuyue et, à l'arrivée à Wusong, on approchait de midi. Ils louèrent un pousse pour se rendre à l'université. Tandis que Yisu payait l'homme, Xiuyue tomba nez à nez avec Wenqing, qu'elle n'avait pas revue depuis plus d'un an, près de la loge du concierge. Elle possédait toujours un physique et une contenance assez remarquables ; seuls différaient son teint, plus foncé, et ses nouvelles dents en or qui attiraient le regard. Wenqing saisit Xiuyue par le bras en lui présentant, à ses côtés, un jeune homme frêle d'environ vingt ans, dont toutes les dents étaient aussi en or :

« Je te présente Gu Zhusheng, diplômé du lycée d'Anding. Cela fait déjà quelques mois que nous sommes en ménage et j'envisage de m'inscrire avec lui à cette université au prochain semestre. »

Pendant que Xiuyue jetait un regard à ce gringalet, se rappelant le fils du domestique, Wu Yisu s'était approché. Lorsque chacun se fut présenté, ils entrèrent tous les quatre dans le jardin de l'établissement à la recherche des services administratifs. Devant marchaient ensemble les deux hommes, tandis que, Wenqing bavardant avec Xiuyue, les deux filles les suivaient en s'attardant. Wenqing lui raconta qu'ils étaient arrivés la veille de Hangzhou, qu'ils logeaient dans un hôtel de Shanghai sur la Quatrième Avenue et qu'ils repartiraient tous deux après les épreuves d'entrée. Xiuyue, voyant s'éloigner les deux hommes, interrogea Wenqing sur le fils du domestique. Cette dernière éclata de rire :

« Bah, pourquoi me parles-tu de ce pauvre minable ? Dès le mois de septembre de l'an dernier, il a attrapé une phtisie qui l'a tué. Mais, après son décès, son maudit père a prétendu que j'étais à l'origine de la mort de son fils et il m'a extorqué une grosse somme d'argent. » A ces mots, elle s'esclaffa de plus belle.

Au moment où les deux filles arrivèrent à la porte du bâtiment à l'occidentale de l'école, Gu

Zhusheng et Wu Yisu en ressortaient déjà, chacun ayant en main les formulaires d'inscription à l'université. Apercevant Li Wenqing, Gu Zhusheng lui dit d'une voix qui rappelait le miaulement d'un chat :

« Le personnel administratif est absent aujourd'hui. Nous n'avons pas pu poser de questions quant aux conditions précises de l'école, nous n'avons demandé que quelques formulaires ».

Wenqing voulait qu'ils retournent tous ensemble à Shanghai passer un moment à leur hôtel, mais Wu Yisu, pour qui voir des gens était toujours un supplice, fit un signe à Xiuyue, et ils se séparèrent à l'entrée de l'université. Wenqing et Gu Zhusheng montèrent dans un pousse pendant que Xiuyue et Wu Yisu s'acheminaient vers la gare, sur un chemin bordé de nombreux petits restaurants de quartier.

Par peur de tomber à nouveau sur Wenqing et son compagnon qu'ils venaient juste de quitter, ils marchaient avec une lenteur toute particulière. Quand ils parvinrent à un tournant à quelques pas de la gare, le train en provenance de Shanghai était déjà arrivé. Ils restèrent quelques instants sous l'ombre des feuillages à regarder ce train s'en retourner vers l'ouest, puis, reprenant une allure normale, ils allèrent déjeuner à l'auberge de la Plage.

Les eaux mordorées de l'océan s'irisaient alors sous l'éclat du soleil et les cheminées d'un steamer rentrant au port crachaient au loin de grandes volutes de fumée. En face d'eux, à perte de vue, s'étirait la longue digue de Chongming[1], qui semblait sortir de la brume d'un rêve. Xiuyue, qui avait habité Hangzhou depuis son enfance, n'avait jamais goûté aux paysages de l'immensité océane. Assise à l'ombre de la galerie de ce restaurant, elle était caressée par la brise et mangeait, discutait et riait avec Wu Yisu. Elle eut alors le sentiment que plus rien ne l'entourait, qu'ils demeuraient tels Adam et Eve tous deux seuls, assis dans la profondeur et le verdoiement de l'Eden, dans l'ignorance du mal, comme au commencement du monde.

Ils étaient ce jour-là les seuls clients du restaurant, et restèrent longtemps assis à bavarder. Ils ne finirent de boire leur café qu'à deux heures passées. Ils se levèrent alors de table et louèrent un pousse pour se rendre sur la jetée, à l'est du fortin.

Là, dans ce lieu désert, Xiuyue, grisée par la vue s'offrant à ses yeux, se jeta soudain dans les bras de Wu Yisu alors qu'il l'invitait à venir s'asseoir sur le parapet pour se reposer.

« Monsieur Wu, et si on se mariait ? Je ne veux plus poursuivre mes études. »

Wu Yisu, qui marchait derrière elle, prit Xiuyue toute chancelante dans ses bras, et fut frappé de stupeur en l'entendant prononcer ces mots. Jamais cette idée de mariage ne lui avait

1. Grande île située dans l'embouchure du Yangzi, et également nom d'une ville de cette île.

traversé l'esprit, même si tous deux étaient toujours ensemble à discuter et éprouvaient de l'amour l'un pour l'autre. D'abord, c'était un orphelin qui croyait que nul au monde n'aurait consenti à se marier avec lui. De plus, son salaire mensuel de soixante-dix yuans était tout juste suffisant pour lui, et il ne pouvait envisager d'avoir quelqu'un d'autre à sa charge ; enfin, Xiuyue venait d'une vieille famille de mandarins, comment aurait-il pu être digne d'elle ? Aussi fut-il stupéfait par la proposition de Xiuyue et la fixa-t-il un moment, la serrant dans ses bras en silence, en se remémorant confusément le parcours de sa vie et toutes leurs discussions. Enfin, deux filets de larmes roulèrent sur ses joues tandis que les yeux de Xiuyue se remplissaient aussi de larmes. Leurs regards troublés se croisèrent en silence.

« Miss Zheng, commença-t-il en détachant ses mots, vous m'aimez donc tellement ? »

Pour la première fois, il lâchait devant elle ce mot : aimer. Xiuyue acquiesça, la tête posée sur son bras.

« Miss Zheng, je ne suis pas digne de votre amour. Même si je suis habité d'un grand idéal chimérique, même si je n'ai jamais parlé d'amour à quiconque, je sais combien mon propre cœur est souillé. Un homme authentique, un homme noble, ne se serait pas commis dans cette… honte, cette honte de la… masturbation. »

Ce disant, il redoubla de larmes. Ses paroles déclenchèrent aussi les sanglots de Xiuyue car son passé lui revint en mémoire, et elle se souvint aussi de sa chair, souillée à l'extrême.

22

Leurs larmes avaient purifié leurs souillures. Xiuyue elle-même était persuadée que ses remords l'affranchissaient de toutes ses fautes. Bien qu'elle n'eût pas révélé son passé à Wu Yisu, elle pouvait désormais se considérer comme son égale. Quant à lui, puisqu'il avait confessé ses anciennes turpitudes, il lui semblait que devenir un homme nouveau et recouvrer l'innocence de sa jeunesse dépendait désormais de la fermeté de sa volonté, et cela n'avait rien d'impossible.

L'automne de cette année-là, lorsque Wu Zhuoren revint en mission à Shanghai, les fiançailles officielles de Xiuyue et Yisu furent conclues par les deux chefs de famille, avec l'entremise de Dai Cishan. Evidemment, la question de la poursuite des études de Xiuyue fut reléguée au second plan puisqu'avant de s'en retourner pour le Shandong, Wu Zhuoren informa Zheng Qufei qu'au printemps prochain, en tout cas au plus tard avant l'été, il viendrait pour la célébration du mariage de son neveu.

Les fiançailles conclues, l'amour qu'ils se vouaient devint plus profond. Tous les soirs ou presque, Xiuyue restait assise dans la chambre de Wu Yisu et ne descendait qu'à dix heures. Ils ne se quittaient pas d'une semelle du dimanche matin au dimanche soir. Dorénavant, Wu Yisu prenait pension avec les Zheng et toute la famille dînait chaque soir ensemble.

D'ordinaire, Xiuyue se levait fort tard, mais elle prit désormais l'habitude de se lever de bonne heure. Quand Wu Yisu se rendait à la librairie, elle allait toujours l'accompagner au tramway et ne rentrait qu'après l'avoir vu disparaître. Tous les après-midi, bien avant l'heure prévue de son retour, elle venait l'attendre à la station.

En dépit du peu d'audace dont continuait à faire preuve Wu Yisu, il réussit à enlacer et embrasser Xiuyue quand ils se retrouvaient, après qu'elle eut à plusieurs reprises attisé ses ardeurs. Le soir, ils étaient assis l'un en face de l'autre et, tandis qu'il travaillait à quelque traduction d'article, il ne se passait pas cinq minutes avant qu'il ne pose sa plume pour se lever et la serrer dans ses bras, pas dix minutes avant qu'il ne vienne l'embrasser.

Xiuyue semblait tout à fait redevenue la vierge qu'elle avait été : tout en Wu Yisu, son être, sa voix, son souffle, son odeur, était pour elle source d'une joie inextinguible, insatiable, dévorante. Quand, pendant la journée, il était absent près de dix heures, elle avait toujours le sentiment d'avoir perdu quelque chose et ne restait pas en place ; lorsque cela devenait vraiment trop insupportable, elle entrait seule dans son appartement et allait s'endormir sous sa couverture. Il lui avait récemment remis la clé de sa serrure pour qu'elle la garde avec elle.

Pourtant, même si leur amour cheminait ainsi, il n'était nullement question entre eux deux de quelque acte indécent car Yisu désirait s'en tenir à ses idéaux et Xiuyue respectait ces derniers.

Leur intimité de fiancés ainsi établie, plus de six mois passèrent ; en mai de l'année suivante, comme convenu, Wu Zhuoren revint à Shanghai célébrer sans plus tarder le mariage de son neveu.

Ils auraient dû profiter pleinement de leur nuit de noce mais, après s'être mis au lit, ils se mirent à bavarder, bavarder encore et toujours, jusqu'à ce qu'enfin Wu Yisu, tout tremblant, fonde en larmes. Il se sentait tout à la fois affligé pour Xiuyue la pure, prête à perdre sa dignité de vierge qu'il allait bafouer, et pour lui-même, car il allait perdre son pucelage, renoncer à ses idéaux pour devenir un homme vivant en ménage, banal et sans relief.

Bien entendu, après le mariage, leur amour s'accrut encore, et Yisu retardait de jour en jour l'heure de son départ au travail. En outre, on entrait dans les premiers jours de l'été, saison où la torpeur s'empare des hommes, et il ne cessait de bâiller à longueur de temps au bureau.

Naturellement, le temps qu'il consacrait le soir à son travail fut aussi écourté. D'une façon générale, dix heures n'avaient pas sonné qu'ils étaient déjà couchés. Il en fut ainsi de l'été à l'automne, et l'hiver passa, quand, aux derniers jours du printemps, en leur deuxième année de mariage, Wu Yisu contracta une sorte de maladie accompagnée de pollutions nocturnes[1].

---

1. Robert van Gulik écrit : « On considère avec inquiétude les émissions involontaires qui se produisent pendant le sommeil. Non

Au printemps de cette même année, leur fille mariée et le calme revenu, les vieux parents de Xiuyue, logeant toujours dans l'aile du rez-de-chaussée, projetèrent de retourner à Hangzhou pour y finir leurs jours, puisqu'habiter Shanghai où tout était hors de prix ne se justifiait plus. Lorsqu'ils eurent vent de cette maladie cachée affectant leur gendre, ils résolurent d'emmener leur fille avec eux passer quelque temps à Hangzhou, pour permettre à Wu Yisu, demeuré seul à Shanghai, de refréner ses pulsions et retrouver la santé.

Dans un premier temps, Xiuyue s'obstina à ne pas vouloir quitter son mari mais elle finit par y consentir après y avoir été longuement exhortée par ses parents, quand ils lui eurent dit que l'homme de bien place la vertu au-dessus de l'amour.

Après avoir accompagné femme et beaux-parents à Hangzhou, Yisu devait écrire chaque jour une lettre à Xiuyue pour la tenir au courant des broutilles du quotidien. Au début, Xiuyue lui écrivait aussi une lettre tous les jours, parfois même deux, mais au bout de quelque temps ses courriers se firent plus rares : une lettre tous les

---

seulement ce sont des pertes complètes d'essence vitale, mais il se peut aussi qu'elles soient causées par des esprits mauvais désireux d'affaiblir la résistance d'un homme à leur magie noire. Pis encore, elles peuvent être causées par des incubes (le plus souvent des esprits-renards) qui cherchent à voler l'essence vitale de l'homme en commerçant avec lui dans ses rêves » (*La Vie sexuelle dans la Chine ancienne*, p. 77). On comprend alors que cette affection de Wu Yisu soit prise très au sérieux par ses beaux-parents.

deux, voire tous les trois jours. Un mois entier s'écoula et, le temps devenant plus chaud, elle n'envoya plus qu'une seule lettre tous les cinq jours. Wu Yisu pouvait aisément lui pardonner la paresse qu'elle manifestait à lui écrire, car il savait qu'à Hangzhou elle avait de nombreux camarades de lycée, professeurs et relations amicales. Mais au terme des vacances d'été, dans les premiers jours de septembre, une semaine passa sans qu'elle lui envoie la moindre lettre. Alors, un frisson de colère commença à le gagner et, ce jour-là, il lui envoya de bon matin un courrier express où il faisait entendre à demi-mot ses reproches. Le soir, à son retour, il ne trouva aucune réponse. Aussi se précipita-t-il au bureau télégraphique pour lui expédier le télégramme suivant : « Malade – Stop – Rentre vite – Stop ».

En effet, sa maladie n'avait connu aucune amélioration depuis la séparation du couple. Dans les derniers temps, si d'aventure le soir il prenait un peu moins de remèdes, il était assuré de connaître l'insomnie.

Il lui envoya le télégramme un samedi soir, et le lendemain matin dimanche il se rendit gare du Nord à dix heures passées. Le premier express entra en gare, mais il eut beau chercher sa femme sur le quai un long moment, il ne la trouva pas. Il en fut réduit à aller grignoter quelque chose dans un petit restaurant des environs ; lorsqu'arriva le deuxième rapide, il accueillit enfin Xiuyue qu'accompagnait un vieux bonhomme chauve, courtaud et replet. Xiuyue ayant fait les présentations, ce M. Li se rendit à l'hôtel par ses propres moyens, tandis que les époux montaient dans un pousse pour s'en retourner à la demeure familiale des Dai où ils continuaient à loger.

Ils grimpèrent d'une traite à l'étage et, quand les bagages furent défaits et qu'ils eurent rangé les provisions rapportées de Hangzhou, Wu Yisu, d'une voix qui laissait transparaître de légers griefs, lui demanda :

« Pourquoi m'as-tu si peu écrit ces derniers temps ? »

La surprise et la crainte la laissèrent figée. Elle le fixa un long moment du regard, redoutant qu'il ne la blâmât davantage puis, battant des paupières à plusieurs reprises, de grosses larmes roulèrent sur ses joues sans qu'une seule parole ne franchisse ses lèvres.

Souffrant de la voir ainsi, Wu Yisu s'approcha vivement d'elle et la serra par le cou :

« Trésor, ne pleure pas », lui dit-il doucement pour la rassurer comme une enfant, tandis que les larmes qui roulaient sur sa joue droite se mêlaient à celles de la joue gauche de Xiuyue, « je ne te fais aucun reproche, non, je t'en prie, ne pleure pas ! »

23

Le soir venu, au lit, elle lui expliqua enfin pourquoi elle lui avait si peu écrit. Au tout début, elle avait habité avec ses parents à l'hôtel, où ils étaient restés une bonne dizaine de jours avant de se mettre en quête d'une maison. Un mois plus tard, ils en avaient enfin trouvé une qui leur convenait et avaient emménagé. Comment aurait-elle pu trouver le moment de s'asseoir pour lui écrire, alors qu'elle était affairée chaque jour à des achats de meubles et d'ustensiles ? Récemment, elle avait attrapé un refroidissement qui avait entraîné de la fièvre et des maux de tête, et elle était restée alitée toute une semaine. Elle se sentait mieux depuis hier seulement, lorsque son télégramme était arrivé. Ces éclaircissements dissipèrent la méprise de Wu Yisu, qui n'en ressentit que davantage l'excès de sa réaction. Il se confondit donc en excuses auprès d'elle.

Plus avant dans l'automne, les pollutions nocturnes de Wu Yisu guérirent, mais sa dépression s'aggrava. Les vacances du Nouvel An passèrent puis, au passage du printemps à l'été, ses insomnies redoublèrent d'intensité. A longueur de jour, il était pris de vertiges et de douleurs à la tête, et il faisait toujours tout de travers. Numéro après numéro, la *Revue des femmes*, dont il était l'éditeur, perdit de son excellence et, à la librairie, certains commencèrent à le regarder avec mépris.

Ainsi traînèrent les choses et une autre année s'écoula, à l'issue de laquelle la librairie le pria de mettre un terme à ses fonctions en lui remettant quatre mois de salaire.

Il venait brusquement de perdre l'emploi qui le faisait vivre et sa maladie s'aggrava de jour en jour. Son moral était évidemment au plus bas, et son humeur devint exécrable. Après la perte de son travail, lui qui d'ordinaire était doux comme un agneau créa à tout propos des conflits avec Xiuyue, qu'il avait sous les yeux du matin au soir. Elle en fut extrêmement affligée et estimait que les sentiments de Wu Yisu avaient changé à son égard. Chaque fois que lui revenaient en mémoire les six mois qui avaient suivi leurs fiançailles, les larmes lui montaient aux yeux.

De plus, à la même période, à la suite des difficultés financières du ménage, ils en vinrent à ne plus pouvoir se restreindre davantage. Yisu resta oisif pendant trois mois, et ce fut de nouveau la saison de la douceur printanière où chacun s'achetait de nouveaux vêtements pour aller déambuler joyeusement, tandis que les époux, dont les économies étaient presque épuisées, envisageaient de déménager pour une mansarde un peu moins chère.

Un soir dans un tramway, à la tombée de la nuit, alors qu'elle courait de tous côtés à la recherche d'un toit, Xiuyue fit soudain la rencontre de Shifen, dont elle n'avait plus eu aucune nouvelle depuis cinq ou six ans.

Celle-ci avait vieilli, et un examen attentif de son long visage serein révélait l'existence de légères rides. Elle portait une courte chemise de fine toile noire et un pantalon noir doublé qui la vieillissaient encore d'une bonne dizaine d'années.

Xiuyue, assise en troisième classe, ne l'avait d'abord pas remarquée. Le tramway allait arriver devant l'immeuble du Soleil-Levant, et elles s'apprêtaient à descendre toutes les deux quand Shifen se leva et s'approcha de Xiuyue, qui se trouvait à côté de la porte. Xiuyue sursauta lorsque Shifen posa la main sur son épaule et l'interpella d'une voix chaleureuse.

Elles descendirent du tramway ensemble et, sous l'auvent du magasin Xianshi, elles se racontèrent en détail les derniers événements de leur vie.

Shifen lui dit qu'elle travaillait de nuit dans une usine située dans les quartiers est et qu'elle habitait non loin du Pont-en-Anse. Elle revenait d'une visite rendue à un ami habitant au pont de la Famille-Zhou, et elle s'apprêtait à rentrer chez elle.

Après un bref résumé des événements passés, Xiuyue lui raconta sa vie actuelle avec Wu Yisu qui, ces derniers temps, la malmenait à tout bout de champ. Maintenant qu'il avait perdu son travail et le sommeil, il ne pouvait s'empêcher de boire tous les soirs et, si elle était sortie, c'était justement pour lui acheter de l'alcool. Pour finir, elle ajouta qu'ils voulaient emménager dans une mansarde meilleur marché et elle demanda à Shifen s'il n'y avait pas un logement à louer qui conviendrait dans son quartier.

L'ayant écoutée, Shifen baissa la tête pour réfléchir un instant.

« Oui, oui, il y a bien quelque chose, juste à côté de chez moi. Pour être bon marché, c'est bon marché, mais c'est un peu sale, et puis ça donne sur la rue. On n'en demande que huit yuans de loyer mensuel. Venez donc demain après-midi, je vous attendrai à la station de tram du Pont-en-Anse et j'irai faire la visite avec vous. C'était un contremaître de mon usine, un homme très bien, qui habitait ce logement auparavant ; il a déménagé il y a deux jours. L'endroit n'aura certainement pas encore été reloué. A mon retour ce soir, je pourrai aller me renseigner pour toi. »

Elles se quittèrent après avoir convenu de l'heure et du lieu de rendez-vous. Xiuyue, son achat fait, toute seule dans le tram qui la ramenait chez elle, laissa vagabonder son esprit.

Elle se rappela le temps où elle et Shifen étaient ensemble à l'école, ainsi que les sentiments contradictoires qui avaient été les siens après le départ de son amie, mais elle fut remplie de honte en se rappelant la mère de Shifen, qu'elle n'était plus allée voir après une ou deux visites, l'été où Shifen s'en était allée.

Finalement, le fil de ses réflexions la ramena sur elle-même, à cette froideur récente que lui témoignait Yisu et à ses brutalités. En y réfléchissant, la colère la gagnait de plus en plus, et elle avait le sentiment que cette situation était inacceptable. Alors que ses pensées étaient sur le point de la faire fondre en larmes, le tramway arriva à l'arrêt où elle devait descendre.

Ce soir-là, après le dîner, elle raconta à Yisu toute l'histoire du départ de Shifen, tout en lui reprisant une chemise à la lumière de la lampe. Quand elle eut fini de tout lui raconter, elle ajouta :

« La personnalité de l'oncle de Shifen ne saurait avoir nullement changé. Bien sûr, elle ne m'a rien dit du comportement qu'il a maintenant avec elle, mais j'imagine qu'il est encore comme au tout premier jour. Mais toi, Yisu ? Pourquoi as-tu tellement changé ces derniers temps ? Je n'ai pas peur des soucis d'argent, ce qui me blesse, en vérité, c'est de voir que le tendre amour que tu me vouais autrefois s'est mué en glace. »

Yisu, qui l'avait écoutée jusque-là en silence, se dit qu'il lui fallait s'expliquer.

« Xiu, répondit-il avec douceur, là, tu fais erreur. Comment mon amour à ton égard pourrait-il avoir changé ? Mais déjà réfléchis un peu, vois comme je suis malade et comprends que garder identique l'enthousiasme du temps de nos premières amours n'est pas possible. Cela n'a rien à voir avec de la froideur amoureuse, mais ce sont les sentiments qui évoluent. Aujourd'hui, mon amour pour toi est plus profond : pour te l'exprimer, plus n'est besoin d'étreintes, de tendres baisers, plus n'est besoin de te serrer dans mes bras pour dormir. Mais je comprends aussi ce que tu ressens et j'accepte que tu m'en veuilles de t'avoir maltraitée ces derniers temps. Mais, Xiu, essaie de te mettre à ma place. Aujourd'hui je n'ai plus de travail, ma maladie semble ne pas vouloir guérir et j'ai perdu tout espoir d'une solution. Dans une telle situation, comment pourrais-je rechercher chaque jour les plaisirs avec toi, comme au tout début ? »

A bien y réfléchir, Xiuyue trouva sur le moment ces arguments très recevables. Cependant, quand

Yisu se fut mis au lit, Xiuyue, restée seule assise à ravauder la chemise, dont l'un des poignets n'avait pas été recousu, ne fut plus du même avis. A comparer la vie d'autrefois avec celle d'aujourd'hui, elle eut la conviction que Wu Yisu ne la traitait plus convenablement.

« Avant, quand il allait se coucher, il ne manquait pas de m'appeler pour que je vienne m'allonger près de lui, alors que, maintenant, il ne pense pas à moi. Voilà qu'il va se coucher tout seul, comme un égoïste. Comment rendre la pareille à cet homme inconstant et ingrat ? »

Ainsi pensait-elle ce soir-là, remplie de colère et de larmes, quand enfin, à minuit passé, elle soupira et se déshabilla pour aller se coucher près de lui. Lui, bien qu'étendu depuis un long moment, restait les yeux ouverts. Plus il était triste d'entendre les sanglots et les soupirs de Xiuyue, moins il pouvait s'endormir. Il réfléchissait à son incroyable naïveté et à sa vision si simpliste de l'amour, et il sentit monter en lui comme un sentiment d'aversion ; bien qu'il connût parfaitement l'origine de ses larmes et la raison de ses soupirs, il feignait de dormir à poings fermés et restait muet, tourné contre le mur, sans daigner lui dire le moindre mot de consolation. Pourtant, en son for intérieur, il éprouvait pour elle une extrême compassion et un immense amour, surtout quand il considérait la vie pénible et austère qu'elle menait depuis qu'il avait perdu son travail, quelques mois auparavant.

24

Environ une heure avant le rendez-vous fixé avec Shifen, Xiuyue et Yisu quittèrent leur logement de la maison des Dai. Dehors, il y avait un ciel pâle couvert de nuages, un temps propice à faire pousser les fleurs.

Ils s'étaient désormais éloignés l'un de l'autre et, tout le long du trajet, ils n'échangèrent pas une seule parole. Xiuyue pensait aux six mois qui avaient précédé leur mariage et à leurs promenades, toutes de douceur et d'attentions ; comment sa vie pouvait-elle être différente de ce qu'elle avait connu alors ? En somme, c'étaient les circonstances qui avaient transformé leur amour et, désormais, elle avait toujours le sentiment, jusque dans le plus petit acte quotidien ou la moindre parole, que plus rien ne ressemblait à ce qu'avait été sa vie ; tout la blessait et, où qu'elle portât ses regards, il n'y avait rien au monde qui aurait pu satisfaire son cœur sensible, perpétuellement désireux d'une présence masculine. Elle ne ressentait plus que le vide, la faim et la soif.

A l'arrivée au Pont-en-Anse, Shifen, les ayant aperçus, quitta précipitamment le trottoir qui bordait l'avenue pour venir vers eux, avant même qu'ils aient eu le temps de descendre du tram. Une fois que les présentations eurent été faites par Xiuyue, Shifen leur dit, pendant qu'ils marchaient côte à côte :

« Le logement est encore libre, j'ai tout arrangé pour vous hier soir, il suffira de faire une brève visite ce matin et de régler le montant du loyer. »

Puis, tournant ses regards vers Wu Yisu, elle changea de sujet et s'adressa à lui avec sévérité :

« Monsieur Wu, perdre son travail, c'est un vrai désastre, mais pourquoi vouloir maltraiter ainsi Xiuyue ? Vous vivez en ménage depuis plusieurs années et vous n'avez toujours pas compris à qui vous avez affaire ? Si vous lui manifestez une telle froideur, à qui confiera-t-elle son cœur brûlant ? »

Sous cette volée de reproches, Wu Yisu ne put que rougir et baisser la tête avec un sourire amer, car il s'était toujours montré incapable de répondre aux autres et le courage n'était pas son fort. Voyant l'embarras de cet homme apparemment doux et honnête, Shifen pensa qu'elle en avait trop dit et, se retournant, elle dit à Xiuyue qui marchait à ses côtés : « Nous ne devons pas nous montrer trop sévères avec les hommes, mais ce que nous sommes nous appartient. Si, au contraire, nous cherchons le soutien des hommes en toutes choses, alors nous serons dépendantes d'eux, y compris dans notre vie affective, et nous les regarderons comme des héros en ne manquant pas de nous déprécier. A l'avenir, Xiuyue, je t'encourage à dominer en premier lieu tes sentiments, à abandonner tout ce qui est vil et à user enfin de toutes tes ressources pour t'attacher aux choses plus nobles. Gaspiller les richesses est une offense envers la société, mais galvauder ses sentiments, c'est un crime contre le genre humain. »

Pendant qu'elle leur parlait ainsi, ils étaient enfin arrivés à leur but.

L'endroit, quoique situé à l'est de Shanghai, faisait encore partie du secteur nord-est de Hongkou[1] et, à l'évidence, c'était un quartier ouvrier, car tout autour se pressaient nombre de fonderies, filatures et autres petits ateliers.

Au regard des basses maisonnettes du voisinage, toutes de guingois, cette vieille bâtisse à un étage, d'aspect extérieur misérable et sale, était pourtant de bien meilleure facture.

Ils montèrent visiter l'étage ; l'intérieur n'avait rien à voir avec l'extérieur : le plancher et les murs étaient propres, et ce logement n'était guère plus petit que celui qu'ils occupaient encore. Avec un loyer bon marché, de seulement huit yuans par mois, ils économiseraient dix yuans sur leur loyer actuel. Wu Yisu ne fit pas la moindre objection et s'en remit totalement à la décision de Xiuyue qui, d'un naturel indécis, soupçonneux et réfléchi, questionna longuement et en détail le propriétaire avant de lui remettre un mois d'avance.

Quand tout fut réglé oralement, et qu'on eut fixé au lendemain après-midi le déménagement, Shifen les raccompagna. Tandis qu'ils marchaient à pas très lents, elle dit à Xiuyue d'un air gêné :

« Je n'habite pas très loin d'ici, mais chez moi, c'est sale et tout petit, ce ne serait pas convenable de vous inviter. C'est la raison pour laquelle, hier, je n'ai pas voulu vous donner mon

---

1. Quartier situé au nord de Shanghai.

adresse, et quand vous aurez déménagé, il serait préférable que ce soit moi qui vienne plutôt vous voir ! »

Ils revinrent à la station où ils étaient descendus, et Shifen les regarda s'installer dans le tram avant de repartir immédiatement vers le nord-est.

Le couple quitta le logement familier qu'ils avaient occupé chez les Dai, et, lorsque fut achevé le temps de leur installation dans leur nouvelle location, ils n'avaient plus en poche qu'un peu plus de cinquante yuans. Vivre dans ce nouvel environnement peu reluisant rendit Xiuyue plus amère encore. Elle était comme orpheline de tous les souvenirs – parents, amours, mariage – qu'évoquait pour elle son ancienne demeure. En considérant tout cela, Xiuyue, qui connaissait désormais la faim et la précarité, ne pouvait que glisser plus encore dans la détresse.

Vaille que vaille, plus d'un mois s'écoula, et leurs économies disparurent en frais de soins pour Wu Yisu et en dépenses courantes, au point qu'il ne leur resta bientôt plus rien des cinquante yuans qu'ils possédaient encore à leur emménagement. Xiuyue dut se résoudre à aller porter en gage ses bijoux au mont-de-piété.

A son retour, quand elle vit les traits toujours aussi soucieux et sans joie de Wu Yisu, un incompréhensible sentiment de haine se leva en elle, telle une tempête.

« Je fais pour toi de tels sacrifices que tu pourrais au moins te montrer quelque peu reconnaissant. Parmi ces bijoux, outre ceux que m'avaient donnés mes parents, se trouvaient la montre et la bague offertes par Li Wenqing. Mais quand je vois ta tête, on dirait que c'est à moi de gagner de l'argent pour t'entretenir. »

Soudain, alors qu'elle ne proférait mot en ruminant sa haine, une lueur se fit dans son esprit, et elle se rappela Li Wenqing et les professeurs Li et Zhang. Ayant abandonné tout espoir en ce qui concernait Wu Yisu, elle se résolut le soir même, après qu'il se fut couché, à rédiger seule trois lettres à la lumière de la lampe, trois lettres identiques où elle faisait des avances et demandait de l'aide.

Quelques jours passèrent lorsqu'elle reçut la réponse des deux professeurs qui, malgré les difficultés qui persistaient, lui furent d'un grand réconfort moral. Cela sembla comme une rosée bienfaisante pour son cœur assoiffé d'amour.

Une autre semaine s'écoula quand la réponse de Li Wenqing lui parvint, dans laquelle avait été glissé un mandat de cinq yuans. Comme toujours, c'était une lettre romantique et fleurie, mais on y percevait clairement un sentiment de pitié, comparable à celui que témoignent les gens aisés aux suppliques des mendiants assoiffés et affamés ; désormais, cette pitié n'était même plus insultante aux yeux de Xiuyue.

Elle racontait dans sa lettre être retournée à Hangzhou pour y enseigner après avoir été diplômée de l'université. C'était pour cela que la lettre de Xiuyue ne lui était parvenue qu'après bien des détours. Gu Zhusheng l'avait quittée dans l'année qui avait suivi son entrée à l'université, et elle partageait maintenant sa vie avec un ancien préposé aux affaires générales de l'université. Mais lui aussi avait perdu son poste depuis l'an passé, et elle devait comme Xiuyue subvenir aux besoins d'un homme. D'ailleurs, elle commençait à trouver quelque peu ennuyeux ce dernier, qui n'avait pas d'avenir. Depuis quelque temps, le directeur de son établissement semblait lui manifester un grand intérêt, et quand leur relation aurait progressé, elle ferait son possible afin que Xiuyue vienne enseigner dans son école. De tout cœur compatissante à sa misère, elle ne pouvait cependant pas lui être d'un grand secours car elle aussi devait entretenir le parasite qui était à ses côtés. Mais il était honteux pour un riche de ne pas tendre la main à celui qui connaissait la misère, aussi lui envoyait-elle ces cinq yuans, en lui demandant de s'en servir pour acheter des médicaments à Wu Yisu.

25

Jour après jour, Xiuyue et Yisu s'enfonçaient dans la misère, et aux premiers jours de juin ils mirent en gage jusqu'à leurs derniers vêtements de coton. Wu Yisu, incapable de se départir de son extrême timidité et qui répugnait par-dessus tout à solliciter de l'aide, fut bien obligé de demander secours à son oncle par courrier. Pendant ce temps-là, Xiuyue prit le train pour Hangzhou, afin de mendier quelque argent à ses parents.

Elle rencontra à Hangzhou le professeur Li ainsi que Li Wenqing, mais elle manqua le professeur Zhang qui, ayant eu la charge d'un voyage d'étudiants, était parti pour d'autres villes.

Elle rentra au bout d'une semaine et, sur le plan matériel, leur situation s'améliora quelque peu. Qui l'eût cru, elle retrouva pour Wu Yisu son amour d'autrefois. Dans le même temps, Wu Zhuoren leur avait également retourné une lettre dans laquelle, en plus de l'envoi de plusieurs dizaines de yuans, il conseillait vivement à Wu Yisu de venir enseigner au Shandong, lorsque seraient achevées les vacances d'été.

Ayant connu la dure épreuve de perdre son travail et voyant ainsi son chemin s'éclairer, Wu Yisu fut naturellement encore plus heureux que s'il avait conquis le ciel. Sa maladie s'en trouva grandement atténuée, et parfois il put même témoigner à Xiuyue un peu de cet amour passionné qu'elle lui réclamait.

Mais alors que se terminaient ces vacances d'été plutôt heureuses, tandis que Wu Yisu projetait d'aller rejoindre son oncle au Shandong, Xiuyue, pour qui vivre seule sans homme était impossible, éleva des protestations. Si Yisu devait partir, ils devaient, estimait-elle, partir ensemble ; autrement, il pouvait aussi bien chercher à Shanghai un petit travail. En outre, il venait de recouvrer largement la santé, et il pouvait retirer chaque mois plusieurs dizaines de yuans de la vente de petits manuscrits. Tous ces arguments convainquirent Wu Yisu, dont la détermination, après sa dépression nerveuse, se révélait d'une extrême fragilité. De plus, en raison de ses difficultés dans les rapports humains, il n'était pas dit qu'il puisse forcément se sortir d'affaire en allant enseigner au Shandong. Pendant qu'il tergiversait ainsi, il laissa sottement fuir l'occasion de partir.

Après septembre, Wu Yisu ne parvint en plusieurs semaines à retirer de la vente de quelques courts manuscrits guère plus d'une vingtaine de yuans, et bien évidemment cela ne fut pas suffisant pour couvrir les dépenses du ménage. Aussi retombèrent-ils dans l'indigence qu'ils avaient connue avant les vacances d'été.

Avant ces vacances, ils avaient encore eu deux appuis sur lesquels se reposer. Dorénavant, ils s'étaient coupés de l'aide qu'aurait pu leur apporter son oncle. En outre, comme les parents de Xiuyue avaient toujours mené à Hangzhou une existence frugale, demander à Zheng Qufei d'envoyer chaque mois de l'argent pour les entretenir leur paraissait bien embarrassant.

Le dix-huit septembre, les armées impérialistes japonaises firent collusion avec les seigneurs de la guerre pour s'emparer des trois provinces de l'Est[1]. Après que le marché chinois eut souffert des répercussions de l'économie mondiale en plein affolement, tandis que toute la Chine

1. Nom donné sous la fin des Qing et la république de Chine au Fengtian, aujourd'hui les trois provinces du Liaoning, Jilin et Heilongjiang, situées au nord-est de Pékin.

traversait de nouveau une crise politique, le monde du commerce et de la finance mit un terme à l'ensemble de ses activités.

Dans cette période, même un petit manuscrit de cinq ou dix yuans devint très difficile à placer pour Wu Yisu, à telle enseigne que celui-ci, réduit à la dernière extrémité, se résolut à travailler de nuit dans une usine. Lorsque Shifen venait à l'improviste leur rendre visite le soir avant d'aller à son travail, elle leur donnait souvent un ou deux yuans.

Au début de décembre, par un froid après-midi au ciel couvert, Wu Yisu, après avoir frappé à toutes les portes possibles, parvint à retirer douze yuans d'un article qu'il avait traduit. Le cœur tout léger, il rentrait chez lui à la tombée du soir. A peine avait-il franchi la porte de derrière que la propriétaire lui remit la clé de son logement.

« Madame votre femme est sortie, lui dit-elle. Elle est allée à un rendez-vous fixé par un professeur à son hôtel. Elle vous demande de ne pas l'attendre pour dîner et de manger sans elle, car elle ne sera probablement pas rentrée pour dîner. »

Ces mots remplirent de joie Wu Yisu, qui pensa que l'espoir était revenu. Puisque le professeur lui avait donné rendez-vous, c'était certainement pour l'informer qu'il lui avait déniché quelque endroit où enseigner. En effet, depuis plusieurs mois, elle avait beaucoup écrit à des camarades de promotion ou à des professeurs de Hangzhou, en leur demandant de chercher pour elle et Wu Yisu quelque chose comme un poste d'enseignant du primaire, afin de leur permettre au moins de survivre.

Ce soir-là, l'esprit apaisé, Wu Yisu but plus d'un quart de litre d'alcool pendant son dîner, tout en réfléchissant mûrement. A chaque gorgée, son corps se réchauffait, et il alla sur son lit, jeta ses vêtements, et sombra dans un sommeil immédiat. A son réveil, il entendit sonner les dix heures au carillon de la pendule de la propriétaire du dessous. Il porta ses regards autour de lui, mais la pièce était vide : Xiuyue n'était pas encore rentrée. L'inquiétude commença à le gagner car, même si elle s'absentait couramment une demi-journée, elle était toujours, quelles que soient les circonstances, rentrée le soir avant dix heures. Il se mit d'abord à chercher sur la table ou dans le tiroir un mot qu'elle aurait pu lui laisser. En effet, en sachant l'endroit où elle était, il aurait pu aller à sa rencontre. Mais il eut beau fouiller et tout retourner, il ne trouva pas trace du moindre billet. Il attendit encore plus d'une demi-heure, puis il se dit qu'il n'avait d'autre choix que d'aller se coucher ; il réfléchirait à tout cela plus tard. Il se déshabilla ; mais lorsqu'il posa, au pied du lit, ses vêtements sur le fauteuil de rotin, il aperçut soudain, coincée au fond du fauteuil, une boule de papier blanc froissé.

Il s'en empara vivement et la déplia à la lumière de la lampe. Il s'agissait d'une facture d'un hôtel de la Troisième Avenue. Sur celle-ci étaient mentionnés le nom de Xiuyue et leur nouvelle adresse ; au bas de cette facture se trouvaient la signature du professeur Zhang ainsi que le numéro de la chambre, la 233. Tout cela rendit Yisu très heureux car il avait déjà entendu Xiuyue évoquer le professeur Zhang. Il n'y avait aucun doute : s'il était venu, c'était forcément pour leur parler de l'endroit où il enseignait.

Il se rhabilla, éteignit la lampe, ferma la porte à clé et descendit de son appartement, ivre de joie. Lorsque la propriétaire lui demanda où il voulait encore aller à une heure aussi tardive, Wu Yisu lui rendit la clé en lui répondant qu'il partait chercher sa femme, et qu'au cas où elle serait rentrée avant lui il fallait lui remettre cette clé.

Il s'arrêta devant le numéro de la lourde porte de la chambre d'hôtel, qui disposait d'une porte secondaire munie de persiennes ; elle se trouvait entrouverte. Il frappa d'abord plusieurs coups puis poussa la porte pour regarder. Il ne vit que les cheveux épars de Xiuyue, allongée sur le tapis au pied du lit. Elle ne portait sur le buste qu'un sous-vêtement tout déboutonné qui dévoilait sa poitrine, et son caleçon ne couvrait qu'une seule jambe, l'autre, nue, était roulée dans un pan de drap qui tombait du lit. Son visage était trempé de larmes et un filet de sang écarlate coulait à la commissure droite de ses lèvres.

Il fut tellement stupéfait qu'il ne put prononcer un seul mot. Pendant presque trois minutes, il resta ainsi hébété et les yeux écarquillés, lorsque derrière lui, il entendit le bruit de la porte sur laquelle il avait frappé en vain. Soudain, quelqu'un entra. Il se retourna et vit un homme efflanqué d'environ quarante ans qui n'avait sur le dos qu'une veste ouatée, courte et légère, en train d'attacher à deux mains son pantalon. Manifestement, il venait juste de se soulager dehors. Il avait le visage blême et bouffi, portait de longs cheveux en bataille, et ses yeux brillaient d'une lueur étrange. Sa bouche et les muscles de son visage trahissaient une indignation extrême et ne cessaient de se contracter. Il était à peine entré que la chambre fut emplie d'une atmosphère de meurtre. Il fixa Wu Yisu droit dans les yeux puis vociféra, avec rage :

« C'est toi, l'homme de cette pute ! Aujourd'hui, je lui ai réglé son compte à ta place ! »

Ce disant, il poussa Wu Yisu de toutes ses forces, puis il se rua au pied du lit, se baissa, la prit par les cheveux et se mit à la traîner. Xiuyue éclata alors en gros sanglots. Yisu se précipita pour ceinturer cet homme et retirer sa main des cheveux de Xiuyue. Tandis qu'il s'efforçait de les arracher l'une à l'autre, il poussait des cris confus mêlés de larmes : « Pardonnez-lui, pardonnez-lui, c'est une femme sans volonté[1], vous allez la tuer si vous la frappez ainsi ! »

N'ayant plus de force, Wu Yisu relâcha son étreinte, et lui intima l'ordre de prendre place sur le canapé. Alors, il lui demanda le pourquoi de ces violences.

1. Réplique d'où le roman tire son titre original, *Une femme sans volonté*, publié une deuxième fois avec quelques coupes sous le titre *Pardonnez-lui*.

Zhang Tang poussa un long et profond soupir de colère, tandis qu'il prenait dans la poche de sa veste une lettre toute roulée en boule qu'il jeta au visage de Wu Yisu.

« Lis toi-même ! »

Wu Yisu se courba pour ramasser cette lettre tombée par terre et, les mains tremblantes, il la déplia pour la lire : c'était une très longue lettre d'amour que le professeur Li Dezhong avait envoyée à Xiuyue.

26

Mon amour,

Je reçois ce même jour tes deux lettres qui me remplissent d'une émotion étrange, et je ne sais comment exprimer ce que j'ai sur le cœur. Comment ce rêve, qui m'a laissé tant de cicatrices, peut-il à nouveau me consumer si cruellement ? Je suis prisonnier du mystère de la condition humaine, dont je ne puis me dégager. J'ai été particulièrement bouleversé par tes mots : « D'où me vient ce reste de passion qui me rappelle si intensément l'homme d'autrefois ? » Ne parvenant pas à saisir ton âme fantasque et contradictoire, je me suis abîmé dans de profondes réflexions. J'ai au moins eu cette intelligence de n'avoir pas usé de la force pour recouvrer ton amour, mais tes lettres attestent aujourd'hui que tes sentiments, renaissant de leurs cendres, viennent réconforter l'homme que je suis. Pourtant je reste toujours le même, celui que tu as oublié. A quoi pourrais-je bien faire appel pour racheter ton amour passé ? Quoique je n'aie jamais pu t'oublier, ma vigilance me dicte de ne rien espérer. Après notre rencontre, qui eut lieu dans le train qui nous menait à Shanghai l'été 1918, le jour se fit en moi et le sentiment que cela me laissa reste encore gravé en mon cœur. Tu t'en souviens, n'est-ce pas ? J'étais dans une telle impatience de te voir que je t'ai accompagnée à Shanghai. Réfléchis un peu à ton comportement d'alors. Dis-moi, quelle chance m'as-tu laissée ? J'ai ressenti à cette époque toute la vanité de ma démarche, et n'avais plus le courage de rester à Shanghai. Je n'eus d'autre choix que de fuir en cachette, et mon cœur porte encore l'empreinte de ta froideur. Oui, il m'a fallu taire mes sentiments. C'est toi qui m'as amené à agir de la sorte et, sur cette rupture, j'ai observé tout au long de ces années un silence absolu. Cependant, je gardais dans le secret de mon être l'effusion de mes sentiments qui déferlaient toujours et que j'étais seul à connaître. Lorsque nous nous sommes retrouvés face à face, ce péché dont la cause m'est inconnue[1] *a de nouveau semé le trouble dans ma paix intérieure. A ce moment-là, tu étais redevenue*

1. Allusion à la doctrine bouddhique selon laquelle nous payons dans notre vie présente les errances du passé. Cet amour lui semble un péché qui a probablement pour origine les fautes commises dans sa vie antérieure, aussi en ignore-t-il la raison.

passionnée, et, quoique je n'aie pu démêler le mystère de tes agissements, les flammes de mon amour s'élevaient jour après jour. Je suis troublé par les profondeurs de ton âme, auxquelles je n'étais pas préparé. Comment pourrais-je me châtier ? Je ne puis qu'en appeler au Ciel ! Et pourtant, Xiuyue, je continue de t'aimer, qu'y puis-je ?

J'ai l'intention de venir sur-le-champ à Shanghai ranimer nos rêves d'antan. J'ai commencé à écrire cette lettre à dix heures du soir et voici qu'il est déjà minuit et demi. J'ignore toujours comment remettre de l'ordre dans la grande complexité de mes émotions. Alors j'écris, j'écris encore, puis je réfléchis longuement, pour finalement me remettre à écrire. Je suis si agité que sans m'en apercevoir, je viens de passer plus de deux heures et demie à rédiger cette lettre pour toi.

Que la joie soit avec toi !

Li Dezhong,
minuit et demi, le 8 novembre.

Pendant que Yisu lisait, Xiuyue, en proie aux sanglots, resta allongée par terre. Quand il eut achevé la lecture de cette longue lettre, il y eut dans ses yeux un frisson de colère, mais il resta silencieux. Comme s'il s'apprêtait à les questionner, il porta ses regards vers elle, pleurant sur le sol, et vers l'homme, qui était fièrement assis sur le divan.

L'homme fut sans doute pris de pitié pour Wu Yisu, et il exhala un long soupir.

« Vous êtes certainement M. Wu Yisu, lui dit-il d'une voix puissante en détachant ses mots. Je m'appelle Zhang Tang. Cette salope de Xiuyue et moi avons eu des relations lorsqu'elle était étudiante. Par la suite, j'ai appris qu'elle s'était mariée avec vous et j'ai cessé toute relation avec elle. Or, depuis mai dernier, elle a recommencé à m'envoyer des lettres passionnées. Comment aurais-je pu imaginer que, dans le même temps, cette garce écrivait aussi à ce vieux débris ? Si je suis venu à Shanghai aujourd'hui, c'est sur l'insistance de cette pute. Je ne pouvais pas savoir qu'au milieu de la nuit je découvrirais dans la poche de son sous-vêtement la lettre immonde de ce vieux sénile. Qu'en dites-vous ? N'est-ce pas insupportable ? »

Il lâcha alors un profond soupir puis, se tournant vers elle, il lui jeta un regard encore plus hargneux.

« Zheng Xiuyue, espèce de garce, tu t'es bien moquée de moi ! » hurla-t-il.

Alors, serrant à nouveau le poing, il se leva avec l'intention de la frapper. Wu Yisu ne put que crier encore :

« Pardonnez-lui, pardonnez-lui ! C'est une femme sans volonté ! »

Et il le fit asseoir.

Par terre, Xiuyue gémissait toujours, pendant que Zhang Tang soufflait de colère sur le divan et que Yisu se taisait. Tout en restant debout, il gardait le silence et, après avoir regardé la lampe plusieurs minutes comme un automate, il essuya ses larmes d'un revers de main.

« Monsieur Zhang », lui dit-il, plein de honte et la voix entrecoupée, « ce n'est pas la peine de vous mettre en colère, c'est moi qui… qui ai mal agi. Je… je n'ai pu prendre soin d'elle depuis la perte de mon travail… »

Puis il replongea dans un mutisme qui dura plusieurs minutes, se moucha et s'approcha de Xiuyue :

« Xiu, lève-toi, lui dit-il doucement sans la moindre expression de colère, rhabille-toi et rentrons ! »

A ces mots, elle se mit à pleurer plus fort et, dans les spasmes et les sanglots, elle lâcha :

« Non, aujourd'hui je ne rentrerai pas… Je préfère qu'il me tue… qu'il m'achève ici…

— Sale pute ! se mit à hurler Zhang Tang, c'est sûr qu'un jour quelqu'un te fera la peau. Ce n'est pas moi qui m'en chargerai maintenant, mais continue comme ça et, un jour, on te réglera ton compte. »

Il semblait prêt de se lever pour la frapper. Wu Yisu ne put que courir vers lui pour lui présenter des excuses et le calmer, tandis qu'il se lançait à lui-même d'innombrables reproches.

Ce n'est qu'après avoir calmé Zhang Tang et apaisé longuement Xiuyue qu'il la fit se relever. Il attrapa un mouchoir avec lequel il essuya ses larmes et le sang sur son visage, puis il trouva un pantalon suspendu dans l'armoire à glace et le lui passa. Elle se rhabilla toute seule après qu'il lui eut donné ses vêtements. La soutenant en silence, il quitta avec elle cette chambre 233 ; à la pendule de l'hôtel, la petite aiguille indiquait les trois heures.

27

A l'aube du vingt-neuf janvier 1932, d'incessants coups de feu retentirent dans le quartier de Hongkou, et le ciel de Zhabei se remplit de flammes et de fumée.

Dans les rues et les ruelles, les explosions des bombardements aériens et le claquement des mitrailleuses se mêlaient aux pleurs et aux cris ; on eût dit que se jouait ici le prélude de la Seconde Guerre mondiale[1]. Au même moment, une patrouille vêtue de l'uniforme pourpre de la marine amena plusieurs aventuriers japonais à l'air sauvage qui, à l'aube frémissante, forcèrent à coups de crosse et de hache le logement où habitaient Xiuyue et son mari.

Après avoir fouillé la maison de fond en comble en renversant les malles et les valises pendant une demi-heure, ils tirèrent Xiuyue de sa couverture et la traînèrent au rez-de-chaussée pour la conduire dans une pièce vide des environs, où cette petite escouade stationnait.

Wu Yisu, criant et hurlant, escorta un temps ceux qui emmenaient sa femme. Finalement, un

1. Le texte original date, rappelons-le, de 1932. Une telle remarque, sous la plume de Yu Dafu, prouve combien l'auteur savait être visionnaire pour apercevoir, derrière l'avancée des armées japonaises sur le territoire chinois, les premiers soubresauts qui conduiront le monde à l'embrasement quelque dix ans plus tard.

matelot se retourna et lui assena un très violent coup de crosse sur le front. Il hurlait toujours : « Pardonnez-lui, pardonnez-lui, c'est une femme sans volonté ! », puis il s'assit comme ivre sur le sol, où il s'effondra.

Deux jours plus tard, un aliéné entre deux âges se tenait dans un recoin d'un centre de réfugiés de la concession française. Le front couvert de sang séché, jour et nuit il hurlait dans le vide, face au mur : « Pardonnez-lui, pardonnez-lui, c'est une femme sans volonté ! »

Quelques jours plus tard, une jeune et jolie ouvrière toute chétive, accompagnée de quelques personnes – apparemment des camarades –, identifiait les cadavres dans une pièce sans meubles qui jouxtait la caserne où avaient stationné les fusiliers marins de l'armée japonaise. C'était à proximité du quartier que Xiuyue avait habité. Parmi cinq ou six cadavres de jeunes femmes tous également dévêtus et couverts de sang, l'ouvrière reconnut la dépouille de Zheng Xiuyue. Elle avait les yeux écarquillés et la bouche grande ouverte, ses membres inférieurs étaient affreusement noirs et enflés et on lui avait sectionné le sein droit.

Ayant découvert son ancienne camarade de classe dont plusieurs hommes avaient abusé l'un après l'autre, qu'ils avaient torturée et exécutée, l'ouvrière demanda à ses camarades, comme si cela avait été pour elle une habitude, de venir veiller ce corps tandis qu'elle-même partait immédiatement chercher un modeste cercueil pour la mise en bière.

Elle ôta son pantalon et sa veste ouatés noirs, dont elle prit soin de revêtir la dépouille nue. Aidée de ses compagnons, elle mit le corps en bière. Au moment où ils s'apprêtaient à clouer le couvercle du mince cercueil, elle se pencha à l'oreille de la morte et dit, la voix chargée d'émotion : « Zheng Xiuyue, Zheng Xiuyue ! Ta fin ressemble bien à ce qu'a été ta vie ! » Elle la fixa encore un moment. Sur son visage gracile qui respirait la volonté et la fermeté roulèrent deux filets de larmes.

Pour la deuxième fois de sa vie en cinq ans, Feng Shifen mettait en terre quelqu'un qui avait été sauvagement assassiné.

Le passé

Dans l'éther, un vent froid s'était levé, soufflant à sa traîne des feuilles mortes qui bruissaient comme des flocons de neige. C'était un petit port du Sud et l'on se serait pourtant cru par un triste soir d'hiver, tandis qu'elle et moi dînions à l'étage d'un restaurant qui donnait sur la mer.

Il avait fait très beau au matin de ce jour-là et, en plein midi, je portais seulement une veste doublée. Vers trois ou quatre heures de l'après-midi, quelques nuages gris venus du nord avaient soudain voilé le soleil, et le vent avait alors fait son apparition.

En ce temps-là, souffrant d'une maladie respiratoire, j'errais d'une ville portuaire à l'autre pour y faire ma cure. Parti du Nord à la mi-octobre, j'étais arrivé au chef-lieu de la province du Sud, C.[1], qui connut alors un coup d'Etat ; comme la

1. L'usage de lettres occidentales ou de citations en langue occidentale est chose courante chez Yu Dafu. On peut avancer deux explications. La première est que l'apparition dans un corpus idéographique de lettres alphabétiques frappe le regard du lecteur chinois, peu habitué à ce qui pour lui est une écriture étrange. L'autre raison tient au caractère prétendument autobiographique de la nouvelle : l'auteur prétend évoquer sans nommer, et seules les lettres occidentales le permettent.

guerre faisait rage vers l'est et que régnait l'agitation au chef-lieu de la province, je m'étais rendu au port de H. pour y passer quelques jours. Puis, le coût de la vie s'y étant révélé beaucoup trop élevé, j'avais repris un bateau à vapeur pour venir m'installer dans cette ville portuaire de M.

Comme chacun le sait, M. était un des tout premiers ports de commerce ouverts par les Chinois aux étrangers. Les bâtisses gardaient encore, de l'époque où le port avait été construit, comme un léger parfum des temps anciens. Une petite colline s'élevait dans cette ville, qui donnait sur les eaux émeraude de la baie que longeaient de grandes rues, au long desquelles étaient construites de nombreuses et tristes maisons occidentales. Les affaires n'étaient plus aussi prospères qu'autrefois ; cependant, on y trouvait encore beaucoup de riches demeures et maisons de jeu, et partout s'étendaient jardins et villas. Le long des quais, les boulevards étaient bordés de figuiers gigantesques. Sous leur ombrage, les Chinois comme les étrangers se reposaient sur de longs bancs, et le bonheur qu'ils y prenaient se lisait sur leurs visages. En raison même du marasme des affaires, les résidents venus du Sud de l'Europe n'avaient pas ces traits crispés et brutaux des commerçants coloniaux. Il n'était, dans toute la ville, pas un lieu où cette volupté décadente qui invitait à paresser, et dans laquelle on sombrait inconsciemment, ne se fît ressentir. J'étais là depuis peu et, déjà, j'avais pris en mon for intérieur cette résolution : « Désormais, je ne pars plus, je m'installe ici. »

Mais qui aurait pu deviner ? Le hasard voulut que je la rencontre quelques jours à peine après mon arrivée.

Ce fut vraiment une rencontre étrange et inattendue. J'avais eu envie d'aller dîner en ville et avais quitté l'auberge située sur le versant ouest de la colline que je descendais, sous la bruine du crépuscule. Face à la rue P., peu fréquentée, que je traversais, une femme franchit soudain à pas lents la grille d'une petite maison de style européen. Cachée sous un parapluie, elle portait un imperméable gris ; je n'avais pu entrevoir son visage. Je n'avais pas moi-même emporté de parapluie, aussi m'avait-elle certainement déjà reconnu avant même de franchir la grille. Alors que j'avais fait quelques pas devant elle, elle m'interpella :

« Monsieur qui marchez devant, ne seriez-vous pas M. Li ? M. Li Baishi ? »

Lorsque j'entendis cette voix qui me sembla familière mais sur laquelle je ne pus mettre de visage, je me retournai vivement, comme foudroyé. Je vis seulement un petit visage que la noirceur du parapluie rendait encore plus blême. Dans la pénombre du soir qui venait de tomber, je n'arrivais pas bien à distinguer ses traits. Pourtant, ses yeux brillaient d'une telle intensité qu'un courant électrique, tel un vent glacé venu de je ne sais où, me fit frissonner tout entier.

« Vous ? bafouillai-je.

— Vous ne vous souvenez pas bien de moi, semble-t-il. Monsieur Li, vous souvenez-vous de cette soirée de Nouvel An, dans la ruelle Vertu-du-Peuple à Shanghai ?

— Mon Dieu ! Mais alors, c'est vous, demoiselle Troisième ? Par quel miracle êtes-vous ici ? Mais c'est incroyable, vraiment étrange ! »

Pendant que je lui parlais, sans même m'en rendre compte, je m'étais retourné vers elle en m'avançant d'un pas. Tendant le bras, je pris sa main gauche, gantée de cuir fin, que je serrai.

« Où allez-vous ? Depuis combien de temps êtes-vous ici ? me demanda-t-elle.

— Je comptais me rendre en ville pour aller dîner, cela fait déjà quelques jours que je suis ici, et vous, où allez-vous ? »

Elle ne répondit pas immédiatement à ma question et fit seulement un geste du menton vers l'avant. Je me souvins alors de ses humeurs étranges lorsque nous habitions Shanghai et me gardai de poursuivre mes questions. Lentement, je marchai à ses côtés. Nous restâmes ainsi silencieux plusieurs minutes avant qu'elle ne me réponde, tranquillement :

« Je vais chez une amie jouer au mah-jong. Jamais je n'aurais cru vous rencontrer ici. Depuis deux ou trois ans que nous ne nous sommes pas vus, vous avez beaucoup vieilli, monsieur Li. Et moi ? Trouvez-vous que j'aie tellement changé ?

— Non, je ne trouve pas. Mais c'est vrai, demoiselle Troisième, moi je fais vraiment pitié. Depuis ces dernières années…

— Je sais, j'ai eu quelques nouvelles de vous. J'ai su par les journaux où vous étiez, une fois ou deux. Mais, monsieur Li, qu'est-ce qui vous amène ici ? C'est vraiment trop étrange !

— Et vous ? Comment se fait-il que je vous trouve ici ?

— Mes vies antérieures[1] m'ont condamnée à connaître des épreuves. Je suis telle une herbe d'eau qui flotte au gré du courant sans jamais s'enraciner. On peut dire de ma venue ici qu'elle est étrange autant que nécessaire, ou l'inverse... Monsieur Li, vous souvenez-vous toujours de cet homme corpulent qui habitait au premier étage, ruelle de la Vertu ?

— Hum... Vous parlez sans doute de cet homme d'affaires malais ?

— Oh, votre mémoire est excellente !

— Que devient-il ?

— C'est avec lui que je suis venue ici.

— En voilà, une curieuse chose !

— Oui, mais il y a bien plus étrange encore !

— Et quoi donc ?

— Cet homme est mort.

— Mais... Alors vous êtes seule à présent ?

— C'est exact.

— Hélas ! »

1. La référence à la doctrine bouddhiste sur la réincarnation est ici explicite (voir aussi *Une femme sans volonté*, note de la page 189). Derrière l'allusion à ses vies antérieures, ce sont ses fautes supposées qu'elle dénonce, sa culpabilité qu'elle évoque, et sa remarque rappelle le poids des errances dont elle ignore la cause. Elle est convaincue d'avoir mérité son malheur, en vertu de fautes commises dans ses vies antérieures. Compte tenu de la suite de la nouvelle, on peut aussi lire ici la dénonciation de la passion en tant qu'aliénation.

Nous poursuivîmes en silence jusqu'à une bifurcation qui menait à la rue principale, toute proche. Elle me demanda où je logeais car elle souhaitait venir me rendre visite le lendemain après-midi. Je lui répondis que c'était à moi d'aller la voir.

« Non, non, il n'en est pas question ! refusa-t-elle d'une voix précipitée. Vous ne pouvez venir chez moi. »

Lorsque nous eûmes quitté la rue P., les rues devinrent beaucoup plus éclairées et les passants se firent plus nombreux. Nous n'eûmes donc pas l'occasion de nous tenir par la main ni de nous sourire. Au moment de nous séparer, elle m'adressa seulement un léger signe de la tête puis, d'un pas alerte, elle prit la longue rue qui menait au sud.

Cette étrange rencontre me troubla, et les eaux de mon cœur, paisibles comme celles d'un lac de montagne, tressaillirent. Je me remémorai tout ce qui était arrivé trois ans auparavant, à l'époque où elle n'avait pas encore vingt ans. Elle habitait une maison à l'occidentale en face de celle où je résidais, ruelle de la Vertu à Shanghai. Outre les quatre jeunes filles de sa famille, logeait aussi au premier étage de cette maison une famille de Chinois, des rapatriés d'outre-mer. J'ignorais alors qui, de ces deux familles, était locataire ou propriétaire, et encore plus comment ces sœurs subvenaient à leurs besoins. Une seule fois cependant – deux mois environ après que j'eus fait connaissance de demoiselle Seconde –, alors que je jouais au mah-jong dans la pièce latérale, arriva soudain un gentleman d'une quarantaine d'années, très richement vêtu. On me le présenta comme le mari de demoiselle Aînée. D'ailleurs, dès qu'elle le vit, elle nous quitta et alla discuter avec lui dans la pièce d'en face. Demoiselle Cadette s'était alors assise à notre table pour la remplacer. D'après ce qu'elles me disaient, elles venaient de la province du Jiangxi tandis que leur beau-frère était originaire du Hubei. Il s'était marié à leur sœur alors qu'il dirigeait une banque à Jiujiang[1].

A l'époque, je venais juste de quitter la campagne, et travaillais comme rédacteur dans un journal. La maison dans laquelle je résidais, ruelle de la Vertu, appartenait à un ami, M. Chen, qui était le directeur général du journal. J'habitais chez lui parce que Shanghai m'était alors étranger et que je n'avais pu louer ailleurs. Les logements des Chen et des quatre sœurs se faisaient vis-à-vis, et ils se fréquentaient souvent. Aussi fis-je tout à fait par hasard la connaissance de demoiselle Seconde, la plus enjouée de toutes. Un domestique de la famille Chen me donna quelques renseignements :

« La sœur aînée doit être la concubine de ce directeur de banque. C'est lui qui couvre tous les frais d'entretien des sœurs, et paie les études du frère cadet. »

Elles étaient toutes quatre d'une remarquable beauté, demoiselle Seconde surtout, charmante

1. Principal port sur le Yangzi.

et pleine de vie. Sans doute ces trois plus jeunes sœurs étaient-elles trop belles car, bien qu'en âge de se marier, aucune n'avait encore trouvé de parti convenable.

Alors que ces événements me revenaient en mémoire, j'étais arrivé au cœur d'une longue rue, devant la porte d'un grand magasin des plus animés. Sous la bruine du crépuscule, c'était le seul endroit où les passants fussent encore nombreux. De chaque côté, les lampadaires brillaient de mille feux et mettaient à nu, par contraste, la solitude de tous ces gens. Je suivis cette rue jusqu'à son extrémité, à l'est, où je tournai alors vers le sud : sur ma droite se dressait un très grand restaurant qui portait l'enseigne *Vue sur l'océan*. Aux deuxième et troisième étages de ce bâtiment se trouvaient un grand nombre de petits boxes d'où, par la fenêtre ouverte, on pouvait apercevoir les voiles et les mâts, au loin sur l'océan. Depuis mon arrivée dans cette ville, c'était le restaurant que j'avais le plus souvent fréquenté.

Lentement, je montai à l'étage pour m'asseoir. Lorsque j'eus commandé plats et alcool, les regards perdus dans le vague, je me mis à fixer la lueur de la lampe électrique en allumant une cigarette. Et tout ce qui s'était passé ruelle de la Vertu se déroula à nouveau devant mes yeux…

A cette époque, celle que je préférais parmi les quatre sœurs était demoiselle Seconde. L'aînée possédant déjà son homme attitré, nourrir pour elle la moindre mauvaise pensée m'était évidemment impossible. D'un naturel quelque peu maussade, demoiselle Troisième ne ressemblait guère à une jeune femme. Quant à la Cadette, une trop grande différence d'âge nous séparait – elle n'avait alors que seize ans – et, naturellement, cela interdisait tout partage de sentiment. Aussi ne vouais-je un culte qu'à la seule demoiselle Seconde.

Avec leurs traits harmonieux, leurs grands yeux, leurs nez droits et leurs fines peaux blanches, elles avaient toutes le même physique adorable. Mais elles différaient grandement de caractère : l'aînée se montrait affable, demoiselle Seconde très vive et demoiselle Troisième taciturne. Quant à la dernière… Je ne saurais dire car je ne lui prêtais alors pas grande attention. Cependant, chez demoiselle Seconde, tout respirait la vie : ses gestes, ses paroles et jusqu'à son rire… Aucun homme – aussi bien ceux qui habitaient la ruelle que ceux qui ne l'avaient vue qu'une seule fois – n'échappait à son emprise.

Bien que de taille modeste, elle arrivait tout de même à hauteur d'épaule d'homme et, lorsqu'elle mettait des chaussures à talons hauts, elle marchait deux fois plus vite que les Européennes. Aucun tabou ne l'arrêtait dans la discussion, où elle montrait une plus grande ouverture d'esprit que les étudiants masculins. Si elle voyait quelque chose de ridicule ou si, au cours de la conversation, elle entendait une plaisanterie, elle partait dans des éclats de rire qui n'en finissaient plus, dévoilant la nacre délicate de sa dentition devant tout le monde, tout en se tenant les côtes, y compris devant des inconnus. Parfois, elle pouvait tout bonnement se jeter à votre cou. Invité à plusieurs reprises chez les Chen, je m'étais à chaque fois enfui au milieu du repas pour me réfugier au journal, tant son comportement sans-gêne m'était insupportable. Aussi n'avais-je pas habité ruelle de la Vertu depuis plus de six mois que déjà tous chez les Chen ne me désignaient plus que sous le nom de « poule de la Seconde ». En effet, dès qu'un fait amusant se produisait, elle se jetait sur moi, pareille à un coq attaquant sa poule, pour se coller à moi et rire aux éclats. Or, j'étais pour elle un éternel sujet de moquerie, et elle aimait à déclencher l'hilarité en raillant mes manières délicates ou en relevant devant tous la maladresse de mes propos. Cependant, bien qu'elle se montrât moqueuse, voire dédaigneuse à mon égard, je n'éprouvais étonnamment pour elle aucun sentiment de haine. Bien au contraire, son comportement m'était souvent même un honneur et j'en éprouvais du plaisir. Quand, tout seul, je restais à méditer sur ces petits événements, je ressentais pour elle, étrangement, une gratitude et une admiration immenses. Par la suite, pendant les parties de mah-jong, j'allais jusqu'à lui donner les pièces qu'elle désirait. Si, par hasard, je contrevenais à ses exigences, elle levait sa fine main potelée et me giflait avec éclat, sans ménagement. Et moi, après son châtiment, j'éprouvais comme une indicible jouissance. Parfois même, je lui désobéissais volontairement pour qu'elle me fasse l'aumône de ses coups, et je voulais qu'elle me frappe dans les reins avec la pointe de ses talons. Si ses coups ne me suffisaient pas, je lui disais exprès : « Même pas mal ! Pas assez ! Frappe-moi encore ! Tape-moi ! » Avec brutalité, elle levait encore la main sur moi ou me frappait avec le pied. Lorsque mes joues étaient cramoisies et mes reins douloureux, alors seulement je consentais à lui obéir docilement, et agissais selon son bon plaisir. A de tels moments, demoiselle Aînée et demoiselle Troisième lui criaient d'arrêter, de ne pas dépasser la mesure, tandis que moi, l'outragé, les suppliais avec sincérité de ne pas s'en mêler…

Je me souvins qu'un jour où j'étais assis chez elle en train de bavarder, elle voulut sortir pour aller déjeuner avec une amie. Elle me demanda d'aller dans leur chambre lui chercher une paire de souliers de cuir neufs pour que je les lui chausse. Ces souliers étaient sans doute trop étroits et il me fallut un temps fou avant que je ne parvienne à lui chausser un pied. Furieuse d'impatience, elle leva la main et se mit à me donner des coups violents sur la tête, le cou et le visage que je tenais baissé devant elle. Lorsque j'eus fini de lui enfiler le second soulier, mon cou tout enflé était déjà couvert de bleus. Je me relevai et lui demandai, avec un léger sourire :

« Comment vous vont-ils ?

— J'ai un peu mal au bout du pied droit ! répondit-elle.

— Donnez-moi encore deux coups de pieds ! Vous élargirez ainsi vos souliers et vous serez plus à l'aise ! » lui dis-je sans plaisanter, en me redressant.

Ah ! Cette paire de pieds ! Elle ne laissait personne indifférent. Demoiselle Seconde avait beau avoir alors dépassé vingt printemps, ses petits pieds rondouillets semblaient ceux d'une fillette de douze ans. J'avais déjà eu l'occasion de l'aider à enfiler ses chaussettes, et ses pieds potelés et blancs, avec leur pointe fine et leur talon charnu, furent donc souvent l'objet de mes fantasmes. Ces pieds nourrissaient en moi de nombreux rêves étranges. Par exemple, pendant le repas, ils s'associaient dans mon esprit à un bol de riz parfumé, blanc et luisant. Si seulement, me disais-je, si seulement ce bol contenait ses pieds délicats, alors oui, je les lécherais et ce serait pour elle comme un chatouillement singulier. Et si, allongée, elle m'offrait à mâchonner ses pieds, alors elle aurait laissé échapper de ses lèvres parfaitement dessinées un chapelet de petits cris sincères ou affectés. Peut-être même se serait-elle retournée pour me frapper rudement sur la tête… Et tout en rêvant ainsi, je reprenais un autre bol de riz…

Elle était si vive et frivole, et moi si soumis et sot… On peut tout à fait comprendre la nature des liens que nous avions tissés en l'espace de six mois. D'autant qu'alors j'étais un jeune homme d'à peine vingt-sept ans, pas encore marié, qui entretenait sur son avenir de présomptueux espoirs.

Lorsque nous plaisantions dans le vestibule de mon ami Chen, sa femme nous lançait parfois :

« Demoiselle Seconde, si M. Li vous épousait, il pourrait chaque jour vous enfiler vos chaussettes et souliers. Il deviendrait même votre souffre-douleur et ainsi, du matin au soir, il subirait vos coups, ne serait-ce pas merveilleux ? »

A ces mots, elle répondait immanquablement par un rire :

« M. Li ne me convient pas, disait-elle en me jetant un regard noir, il est bien trop bête, il serait incapable de s'occuper d'une femme. Et puis, moi, au contraire, je voudrais qu'un homme me frappe. L'idéal, ce serait qu'un homme me commande, qu'il me domine ! »

Après chacune de ces railleries, je sombrais dans la mélancolie et, solitaire, j'allais longuement marcher dans les rues avant que mes idées noires se dissipent.

Un samedi soir, j'étais allé avec elle écouter un concert qui avait lieu à l'hôtel de ville, sur le grand boulevard, tandis que demoiselle Aînée et demoiselle Troisième avaient accompagné au cinéma un ami de leur beau-frère. Alors que nous passions devant la porte d'un restaurant, deux rafales de vent glacé soufflèrent soudain – nous étions aux derniers jours de l'automne, à la croisée de septembre et novembre – et je la pris par la main.

« Demoiselle Seconde, lui dis-je en tremblant, allons manger quelque chose de chaud avant de rentrer !

— D'accord, allons prendre un peu de vin chaud », me répondit-elle en souriant.

Ma gêne et ma pudeur habituelles furent balayées après que j'eus bu deux verres de vin chaud. Je regardai tout autour de moi : nous étions seuls dans la salle. Je m'approchai d'elle et, d'une voix tremblante, bafouillai en lui jetant des regards langoureux :

« Demoiselle Seconde, mes… mes sentiments… Vous comprenez, n'est-ce pas ? J'aimerais tellement, tellement rester longtemps près… près de vous… »

Elle leva les yeux pour me fixer puis fit une moue qui laissa deviner, à la commissure de ses lèvres, un sourire moqueur.

« Rester ensemble longtemps, et alors ? » répondit-elle.

Alors je m'enhardis et tendis mes lèvres pour lui donner un baiser. Elle me lança une gifle retentissante en plein visage. Ayant entendu ce claquement, le garçon monta précipitamment à l'étage.

« Désirez-vous boire autre chose ? » nous demanda-t-il.

Retenant mes larmes, je lui répondis, affectant un léger sourire :

« Rien, merci. Amenez des serviettes. »

Quand il fut redescendu, elle me dit, comme si de rien n'était :

« Monsieur Li, ne faites pas cela. Si vous recommencez, je vous mettrai une sévère raclée ! »

Je ne pus que prendre tout cela sur le ton de la plaisanterie et, bien malgré moi, j'étouffai ma passion.

Tous les sentiments que j'éprouvais pour elle, comme les comportements que ces derniers engendraient, étaient, pour notre entourage, d'une parfaite évidence. Aussi demoiselle Troisième, coutumière d'humeurs aussi maussades qu'étranges et s'exprimant toujours de façon singulière, ne ménageait-elle pas sa peine pour que, de sa sœur à moi, il y ait quelque réciprocité de sentiments. Souvent témoin de la violence de celle-ci à mon endroit ou des moqueries dont elle m'accablait, quand j'avais été vraiment l'objet de sa hargne, elle venait plaider ma cause en lui faisant des reproches discrets et nuancés. Et moi, en imbécile inconscient, au lieu de lui en être reconnaissant, je lui en voulais de se mêler de ce qui ne la regardait pas.

Je passai ainsi plus de six mois à fréquenter ces quatre sœurs d'en face. Au cours de l'hiver, sans qu'on s'y soit attendu, demoiselle Seconde se fiança avec un étudiant nouvellement arrivé de Pékin.

Evidemment, c'est l'âme en proie à une grande confusion et le cœur déchiré que je vécus les festivités de Nouvel An. Quand j'étais morose, c'était demoiselle Troisième qui me conviait à dîner, à jouer au mah-jong, parfois même à l'accompagner au cinéma, elle que d'ordinaire je n'aimais guère et que souvent Seconde et moi surnommions « Démon des secrets honteux ». Cette même demoiselle Troisième que je venais de rencontrer tout à coup, dans ce port du Sud, en ce soir d'automne bruineux…

J'en étais là de mes souvenirs, la cigarette que je tenais était presque consumée, laissant un bout de cendre d'un demi-pouce, et dans le verre devant moi le vin s'était refroidi. L'esprit comme égaré, je sirotai quelques gorgées de vin, pris deux ou trois bouchées, et le garçon me monta une soupe d'ailerons de requin. Mon dîner achevé, je regagnai mon hôtel d'un pas lent, bravant la pluie. Je me lavai, changeai de vêtements et m'allongeai sur le lit, où j'eus beau me tourner en tous sens, je ne parvins pas à fermer l'œil de la nuit. Je me souvenais être allé, le lendemain du Nouvel An, passer une nuit à Suzhou avec demoiselle Troisième. Ce soir-là, assis l'un en face de l'autre, nous étions silencieux sous la lumière de la lampe. Je me rappelai qu'à l'aube, allongée sous sa moustiquaire, elle m'avait prié d'approcher pour lui ramasser des vêtements tombés à terre. Mais il m'était alors impossible d'oublier la Seconde, et au lieu de lui offrir, ne serait-ce que des miettes en retour de son affection, je n'avais même pas accepté ses faveurs. Nous avions finalement voyagé ensemble en vain, sans que nos sentiments ne se décident. Cet après-midi-là, nous étions rentrés précipitamment à Shanghai, toujours comme frère et sœur. La fête des Lanternes[1] passée, j'étais si accablé que je donnai ma démission de la rédaction du journal et, sans même dire adieu aux quatre sœurs ni emporter un seul bagage, j'avais fui seul vers les terres enneigées de Pékin, dont j'espérais que le ciel de glace me ferait oublier mon passé et ensevelirait ma mélancolie. Au cours des trois années suivantes, j'avais erré çà et là, sans jamais m'arrêter plus de six mois au même endroit. Au faîte de mon ennui, j'avais cédé à la mode de faire le récit de sa tristesse, et avais écrit quelques romans, qui avaient été publiés. Et puis, dans cette période où j'étais indifférent à tout, j'avais fini par contracter cette maladie des poumons. Aujourd'hui, mon errance m'avait jeté jusqu'à ce coin de l'extrême Sud. Qui aurait pu se douter que, dans le crépuscule, j'allais croiser sur ma route cette demoiselle Troisième ! Ah ! On dit que la terre est immense, mais elle est en vérité bien petite. Ne trouvez-vous pas incroyable que deux errants puissent se retrouver ainsi, aux confins du monde ? Toute la nuit, je laissai vagabonder mes pensées. Je ne commençai à m'assoupir qu'à l'heure où pointèrent les premières lueurs du jour, lorsque sous ma fenêtre passèrent des ouvriers matinaux. J'ignore combien de temps je restai endormi, quand soudain j'entendis dans mon rêve frapper quelques coups à la porte de ma chambre. Je remontai prestement ma couverture sur moi et me

1. Fête traditionnelle qui a lieu la nuit du quinze de la première lune.

redressai pour regarder. Dehors, la pluie fine de la nuit s'était arrêtée et deux pâles rayons de soleil traversaient ma fenêtre sud. « Entrez ! » criai-je d'une voix pâteuse. Mais la porte resta fermée. Au bout de quelques minutes, la porte demeurant toujours close, je m'en étonnai. J'enfilai des vêtements et descendis du lit. Alors que je posais mes pieds sur le sol, la porte s'ouvrit tout doucement. Sans que le doute me fût permis, je vis s'encadrer dans la porte demoiselle Troisième, qui arborait comme toujours un sourire aussi étrange que mystérieux.

« Ah ! C'est vous ? Comment se fait-il que vous soyez là si tôt ?

— Si tôt ? Voyez donc ! Le soleil est déjà haut ! »

Ce disant, elle entra lentement dans ma chambre, me dévisagea des pieds à la tête et me lança un sourire. Puis, comme par timidité, elle alla se poster devant la fenêtre et regarda dehors. De l'autre côté se trouvait un corridor et, en contrebas, on apercevait au loin le jardin d'une riche demeure où, avec tendresse, le soleil caressait les feuilles encore accrochées aux branches des sophoras et d'autres arbres.

Sa toilette n'était plus celle d'autrefois. Son manteau de lin laissait apparaître un foulard de soie brodé de fleurs blanches. Au-dessus d'une longue jupe de taffetas noir, elle portait une courte veste doublée, de coupe plutôt européenne. Sur son front tombait un chapeau de soie jaune clair, sous les bords duquel brillaient ses grands yeux ensorcelants, aux prunelles d'ébène, qui semblaient toujours en contemplation. Avec ce chapeau enfoncé, son visage d'ordinaire ovale semblait s'être presque arrondi. Ces deux ou trois dernières années avaient creusé les rides qui, partant du nez, descendaient vers la commissure de ses lèvres. Son teint pâle était peut-être l'indice d'une mauvaise partie de mah-jong la veille au soir. Elle était autrefois de taille moyenne avec un physique plutôt harmonieux ; pourtant, aujourd'hui, elle me semblait grandie, mais sans doute était-ce moi qui m'étais tassé... Elle restait debout face à la fenêtre, le dos tourné. Je contemplai ses épaules et j'eus le sentiment qu'elle avait maigri. Ayant boutonné ma veste, je m'approchai d'elle.

« Demoiselle Troisième ! Que faites-vous à rester là ? » la questionnai-je, tout en posant ma main droite sur son épaule pour l'inviter à ôter son manteau. Elle fit un léger mouvement vers moi, dégagea doucement ma main, se retourna et me dit en souriant :

« Je suis en train de faire les comptes[1].

— Comment, de si bon matin, faire des comptes ? De quoi parlez-vous ?

— Je compte l'argent que j'ai remporté hier soir.

1. Le verbe qu'utilise ici l'auteur a deux acceptions. Il peut signifier « faire ses comptes » avec le sens de « calculer », mais également « régler ses comptes », avec le sens de « faire payer à quelqu'un ». Sens double, message multiple.

— Vous avez gagné ?

— Aurais-je perdu une seule fois ? Ah si… Une fois tout de même, j'ai perdu. Et c'était avec vous.

— Oh ! Quelle mémoire ! Combien aviez-vous perdu, et quand cela ?

— Mais c'est ma vie que j'ai failli perdre !

— Demoiselle troisième ! »

Silence…

« Vous êtes toujours la même ! Vous ne pouvez vous empêcher de dire des paroles blessantes. »

Elle restait muette tout en affichant un sourire. J'apportai une chaise, la priai de s'asseoir, puis je me dirigeai vers une cuvette dans un coin pour me rincer la bouche et me laver la figure. Au bout d'un moment, elle me lança :

« Monsieur Li ! Vous êtes aussi toujours le même ! Vous ne pouvez vous empêcher de fumer ces cigarettes.

— Demoiselle Troisième ! »

Silence…

« Enfin, vous êtes effectivement restée fidèle à vous-même et avez pu venir jusqu'ici. Si, hier, j'avais retrouvé demoiselle Seconde, je ne crois pas qu'elle aurait accepté de venir ici.

— Monsieur Li ! Ainsi, vous ne l'avez pas oubliée ?

— Je pense avoir encore quelques souvenirs d'elle.

— Quelle affection !

— Qui prétendrait le contraire ?

— Quelle chance est la sienne !

— Où est-elle maintenant ?

— Je n'en sais rien, nous ne nous sommes pas écrit depuis bien longtemps. Il y a deux ou trois mois, j'ai entendu dire qu'elle vivait encore à Shanghai.

— Et vos deux autres sœurs ?

— Leur existence n'a pas changé, toujours ruelle de la Vertu. C'est moi qui ai connu les plus grands changements.

— Oui, c'est vrai… Pourquoi avoir refusé que je vienne vous rendre visite hier ?

— J'aurais bien voulu, mais je redoute les commérages. Comme vous le savez, la famille Ah Lu est très nombreuse.

— Oui, oui, ce monsieur malais se nommait Lu, n'est-ce pas ? Mais, dites-moi, comment avez-vous pu jeter votre dévolu sur ce gros bonhomme ?

— Pour des gens comme moi, comment pourrait-il y avoir le choix ? Tout cela ne fut en vérité qu'un rêve étrange.

— Etait-ce un rêve agréable ?

— Rêve agréable ou cauchemar, même moi je ne saurais le dire.

— Comment ça, vous ne sauriez le dire ? Mais alors, pourquoi l'avoir épousé ?

— Qui parle de mariage ? Je ne fus jamais qu'un cadeau, oui, un cadeau de ma sœur aînée et de son mari.

— Oh ! »

Silence.

« Comment a-t-il pu mourir si vite ?

— Qui sait ? Cette ordure ! »

Comme sa voix retombait, je n'osai plus la questionner davantage. Lorsque j'eus fini de m'habiller et de me laver, je tirai ma montre de mon gousset : il était déjà deux heures et quart de l'après-midi. J'allumai une cigarette et m'assis face à elle. Je lui lançai des regards furtifs. Sur son visage, toute trace de son sourire énigmatique avait disparu. Ses paupières baissées, les rides qui creusaient les contours de sa bouche et la pâleur de ses joues évoquaient plus que jamais une jeune veuve. Je savais qu'elle fouillait ses souvenirs et je n'osais interrompre le fil de sa pensée. Pendant près de dix minutes, je fumai sans dire un seul mot. Soudain, elle se leva :

« Je m'en vais », dit-elle, gagnant aussitôt la porte. Je me précipitai pour l'arrêter mais elle franchit la porte à la hâte, sans même se retourner pour me jeter un regard. Je la poursuivis sur le palier et lui criai de m'attendre, mais elle était déjà en bas des marches. Tournant vers moi ses yeux de jais, elle me lança alors un regard. Puis elle dit doucement :

« Je reviendrai demain. »

Dès lors, elle trouva presque tous les jours le temps de passer me voir. Nos sentiments commencèrent à se rapprocher peu à peu. Mais chaque fois que je pensais faire un pas de plus vers elle, elle se dérobait immédiatement ou érigeait des murailles pour se protéger de moi. Environ une dizaine de jours après l'avoir rencontrée, j'avais le cœur et l'esprit tout à fait troublé par elle. J'avais entendu raconter que les malades des poumons ont la sensualité à fleur de peau et c'est sans doute vrai, parce qu'alors j'étais incapable de contenir mon impatience. Cet après-midi-là, je fis mon possible pour ne pas la laisser repartir, je voulais à tout prix qu'elle dîne avec moi.

Le matin de ce jour-là, il avait fait un temps magnifique. Lorsqu'elle me rendit visite l'après-midi, la chaleur était intense. Vers trois ou quatre heures, le ciel se couvrit de nuages puis, après que le soleil eut disparu derrière les collines, le vent se leva. On aurait dit qu'elle était comme influencée par le changement du temps. Je la voyais d'heure en heure sombrer dans la tristesse. Plusieurs fois, elle me signifia qu'elle voulait partir, mais je l'en empêchai autant qu'il m'était donné. Enfin, épuisée d'avoir ainsi résisté, elle baissa la tête et demeura assise, plongée dans ses méditations.

Le soleil était maintenant couché et les ombres se glissaient dans les recoins de ma chambre. Par la fenêtre, on distinguait le pan de ciel crépusculaire qui se teintait d'un mauve opalescent, et les nuages gris et cotonneux qui, silencieusement, s'amoncelaient. Le mugissement du vent filtrait à travers les vitres. Alors que nous étions paisiblement assis dans ce monde que les ténèbres allaient bientôt envahir, nous eûmes le sentiment qu'à part nous deux l'humanité s'était éteinte. Nous restâmes ainsi un temps indéfini, submergés par cette sombre mer de tristesse et de silence crépusculaires, lorsque, soudain, l'ampoule électrique émit une clarté semblable à un éclair. Je me levai, pris une cape de tissu de laine noire usagée et en recouvris ses épaules par-derrière. Je me penchai vers elle et serrai ses épaules de mes deux mains, avec l'espoir de pouvoir profiter de l'instant pour approcher mon visage de sa joue droite. Soudain, elle se leva comme au sortir d'un rêve et me repoussa avec force. De crainte qu'elle ne prît la porte et ne se sauvât chez elle, je me précipitai pour faire barrage. Me voyant si agité, elle se mit à rire. Bien qu'elle eût toujours, sous la lampe, un maintien d'une extrême sévérité, ses yeux pourtant riaient et les muscles de son visage se détendaient. Au coin de ses lèvres, un sourire même se dessinait. Aussi je repris courage. Je m'approchai d'elle à nouveau, l'enlaçai de mon bras qui portait la cape, et lui chuchotai à l'oreille :

« Demoiselle Troisième ! Avez-vous peur ? Peur de moi ? Je n'oserai plus désormais, je n'oserai plus. Allons dîner ensemble. »

Bien qu'elle restât muette, elle se laissa docilement enlacer. La tenant par la main, je lui fis passer la porte puis la laissai descendre l'escalier devant moi. Nous arrivâmes dans la rue.

Nous marchâmes dans le soir et fîmes un long détour pour fuir la rue P. N'osant pas marcher côte à côte, nous allâmes directement jusqu'au centre de la rue la plus animée de ce port, sans échanger un seul mot. Toutes les lumières de la rue brillaient d'une lueur glacée. Sans cesse sifflait un vent plaintif qui éparpillait les feuilles bruissantes des arbres. Il nous fallut longtemps avant d'arriver dans un petit box, au deuxième étage du restaurant *Vue sur la mer*, où nous prîmes place.

Je la regardai. Le vent froid avait ébouriffé ses cheveux, et ses joues creuses étaient livides. Elle voulut retirer la cape mais je la priai de n'en rien faire. J'appelai le garçon et lui commandai immédiatement un verre de brandy. Elle but un thé chaud avec son brandy, puis elle se passa un mouchoir sur le visage. Pendant quelques minutes, elle resta tranquillement assise. Enfin seulement, elle recouvra son aspect habituel, avec de nouveau son sourire énigmatique. Dans l'air glacé, ses yeux brillants lançaient des éclairs.

« Comme il fait froid aujourd'hui ! m'écriai-je.

— Vous trouvez aussi ?

— Difficile de ne pas avoir froid, non ?

— Je me disais pourtant que vous étiez bien plus glacial que le temps.

— Demoiselle Troisième ! »

Elle resta silencieuse…

« Fait-il aujourd'hui plus froid que cette fameuse nuit à Suzhou ?

— J'allais justement vous le demander.

— Hélas, demoiselle Troisième, je me suis mal comporté, oui, mal comporté. »

Elle s'enferma dans un mutisme absolu, si bien qu'il me fut impossible de poursuivre. Au cours du repas, je me bornai à lui faire du charme et, à voix basse, j'évoquai les vieux jours passés ruelle de la Vertu. Quand elle eut fini son dîner, elle n'avait pas lâché plus de dix mots. J'essayai de raviver ses souvenirs, de ranimer la flamme de l'amour qu'elle m'avait autrefois témoigné, mais, à en juger par l'expression de son visage, mes propos la laissaient de marbre. Finalement, n'y tenant plus, je la suppliai avec violence et larmes de ne pas s'en retourner. En la traînant presque de force, je l'emmenai à l'étage d'un hôtel étranger qui jouxtait le restaurant où nous avions dîné.

La nuit était avancée. Dehors, on entendait toujours siffler le vent. A minuit passé, la lampe de cinquante watts se fit plus brillante et son éclat mit à nu l'étrange solitude de mon cœur. Dans cette chambre, l'air était de plus en plus glacé. Sans même se déshabiller, elle s'était allongée sous une couverture, en me tournant le dos. Plusieurs fois je tentai des approches, qu'elle repoussa toutes. A ma dernière tentative, elle fondit en larmes et me dit, d'une voix entrecoupée de sanglots :

« Monsieur Li ! Entre… Entre nous, tout est fini… Tout est fini depuis longtemps. Si alors, si cette année-là… si vous aviez pu m'aimer de la sorte… alors… Alors je n'aurais pas enduré ces souffrances… Moi… moi… Vous comprenez… Depuis ces trois années… »

A ces mots, ses sanglots redoublèrent, si bien qu'elle mit sa tête sous la couverture pour laisser libre cours à ses larmes. Moi, je pensais à sa vie, à sa situation présente, à l'affection qu'elle m'avait autrefois témoignée, et plus encore à ma propre errance. Ses pleurs me bouleversaient et, bien que mes yeux fussent secs, mon cœur était la proie d'une douloureuse amertume. Elle pleura ainsi plus d'une demi-heure cependant que je me tenais assis sur le lit en silence. Il me semblait que ses pleurs avaient noyé tout le désir que j'avais d'elle. Je ne pensais plus à rien. Quelques minutes passèrent encore. Comme elle avait cessé ses larmes, je lui dis avec sincérité :

« Demoiselle Troisième ! Ce soir, je me suis encore égaré. Je vous demande pardon de m'être ainsi mépris sur la vraie nature de vos intentions. Vous avez raison, pour nous deux, il est maintenant trop tard. Ce que je vous ai demandé ce soir était absolument indigne. Oui, je vous prie de me pardonner. Je ne me commettrai plus jamais dans cette bassesse. Je vous en supplie, regardez-moi et dites-moi, dites-moi que vous me pardonnez ! Oublions tout ce qui s'est passé ce soir, oubliez ma bassesse ! Oh, demoiselle Troisième… »

Tandis que, les larmes aux yeux, je lui disais tout cela prosterné sur son oreiller, elle restait toujours immobile, le visage tourné de l'autre côté. Après avoir longtemps attendu en silence, elle tourna enfin son visage noyé de pleurs vers moi et me lança un regard qui disait à la fois sa compassion et sa rancœur. Sans que je puisse me l'expliquer, ce regard-là fit monter en moi plus de reconnaissance qu'un condamné à mort que l'on vient de gracier. Elle se détourna à nouveau et je m'allongeai sur sa couverture. Couchés tous deux, nous ne pûmes trouver le sommeil mais c'est le cœur apaisé que je restai ainsi silencieux, jusqu'à l'orée du jour.

A l'aube, nous nous levâmes. Après une toilette sommaire, elle retrouva le même sourire qu'à l'ordinaire et moi, quoique souriant, je sentais des larmes amères me couler une à une au fond de la gorge.

Lorsque nous quittâmes l'hôtel, quelques nuages pourpres flottaient à l'orient. Le vent de la nuit avait balayé le ciel émeraude. Le soleil s'était levé sur la mer et sa lumière pâle baignait les quelques rues désertes qui, hormis les feuilles éparpillées par le vent et les amas de poussière, semblaient plus propres que d'habitude. Nous tournâmes au coin de la grand-rue et je la raccompagnai à sa porte. Sur le point de nous séparer, je saisis ses mains gelées et lui dis tout doucement :

« Demoiselle Troisième, prenez grand soin de vous, je crains que nous n'ayons plus guère l'occasion de nous revoir. »

Ayant prononcé ces mots, je sentis soudain mon cœur mis en pièces et un voile opaque se poser sur mes yeux, comme un nuage de brume. Elle sembla également me pénétrer de son regard puis retira vivement ses mains des miennes et rentra précipitamment dans sa demeure.

Cette nuit-là, semblable à un sourcil suspendu dans le ciel, la nouvelle lune brillait sur l'océan. Dans ma cabine, je fumais, entouré d'une foule de provinciaux du Sud dont je ne comprenais pas la langue. Dehors, j'entendais mugir le vent et la houle. A la lumière des lampes électriques, tous évaluaient la vitesse du bateau et l'heure de son arrivée au port de H.

Shanghai, 10 janvier 1927.

Rivière d'automne

1

« Veux-tu manger de la crème d'amande ? » lui demanda, à l'autre bout de la pièce, une jeune femme âgée d'environ vingt-trois ans. Vêtue à la dernière mode, elle était adossée à la table disposée devant la fenêtre.

« Viens ! Approche et je te dirai », lui répondit-il avec indolence. Il était allongé sous la fine couverture de soie du lit en cuivre. Son visage, tourné vers elle, arborait un léger sourire. Il n'y avait pas de moustique, sans doute parce que la maison était construite sur les hauteurs ; on avait donc relevé tout en haut du cadre rond du lit le voile de mousseline perlée. Sur les barreaux en cuivre qui brillaient se reflétaient, étrécis, la légère couverture de soie bleue pâle et, à un des bouts de la couverture, la tête d'un élégant jeune homme qui reposait sur un oreiller en duvet d'une éclatante blancheur. Contre le mur est, entre le lit et la table, se trouvait une armoire munie d'un grand miroir qui renvoyait le reflet d'une table de toilette en palissandre. Tout près s'entassaient quelques malles en cuir. En face, c'était la grande fenêtre devant laquelle la table avait été disposée et, en contrebas de cette fenêtre, un jardin. En se tenant debout devant la table, on pouvait embrasser d'un seul regard les nombreux toits rouges et blancs et les bois verdoyants.

Allongé sur le lit, ce jeune homme ne pouvait qu'apercevoir, par-delà la fenêtre, la mélancolie d'un pan de ciel bleu. De cet automne limpide, il ne percevait que le souffle, pourtant invisible à ses yeux. Debout devant la table, s'encadrant dans la fenêtre, la femme se détachait sur un fond de ciel clair. Dans ses cheveux ébouriffés, son visage ovale et souriant, ses yeux d'un noir de jais, son gilet en soie rouge pâle, ses bras potelés et blancs, cette délicieuse expression de sommeil que chacun possède au lever du lit, le jeune homme couché découvrait les détails d'une beauté qui, jusqu'alors, lui étaient restés inconnus.

Il s'allongea paresseusement sous la couverture et, souriant tout en inclinant la tête, il lui fit signe d'approcher. Elle lui rendit son sourire, mais, avant de venir à ses côtés, elle alla se laver les mains à la cuvette de la table de toilette. Le miroir de l'armoire lui retournait l'image de sa courte culotte de soie blanche, de ses mollets si délicats et de ses adorables petits pieds de sept ou huit pouces[1]

1. La demoiselle n'a donc pas les pieds bandés. Nous savons cependant que, dans la tradition chinoise, les pieds pointus et d'une grande petitesse étaient l'un des éléments essentiels dans la liste des attributs d'une belle femme. Les – petits – pieds étaient considérés comme la partie la plus intime du corps féminin, le centre absolu de son attrait sexuel. D'autre part, le tabou qui entourait l'image d'un pied bandé nu s'étendait aussi aux pieds non bandés. Avant le rapport amoureux, le préliminaire traditionnel pour l'homme était de toucher les pieds de la femme. On comprend donc l'origine

enfoncés dans des mules brodées. En même temps, il distinguait les lignes courbes qui ondulaient de ses reins jusqu'à l'arrière de ses jambes.

Elle s'approcha du lit et, les regards tournés vers lui, s'assit de profil. Il sortit de la couverture une maigre main blanche et délicate qu'il tendit vers elle pour saisir son long bras. Elle le regarda, lui lança un léger sourire.

« Tu veux me dire quelque chose ? lui demanda-t-elle.

— Penche-toi ! » lui répondit-il doucement en acquiesçant d'un signe de tête.

Lui ayant obéi, elle approcha son oreille et il sortit sa main pour attirer vers lui son buste à demi nu. Puis il l'embrassa à plusieurs reprises. Un moment, elle le laissa faire, avant de s'asseoir enfin. Souriant de nouveau, elle lui demanda :

« Tu ne veux vraiment rien avaler ? Tu n'as pas fermé l'œil de la nuit, n'es-tu pas mort de faim ? »

Arborant seulement un léger sourire, il secoua la tête.

« Non, je ne veux rien. Et puis, il est encore très tôt, viens donc te rendormir un moment !

— Tôt ? Mais il est presque dix heures !

— Viens te rendormir un moment !

— Pouah ! » fit-elle, dégoûtée.

Ce disant, elle alla se poster devant la table de toilette pour se coiffer. Ayant un instant aperçu sous sa couverture le clair ciel d'automne, le

---

culturelle de l'obsession des pieds chez Yu Dafu, qui évoque souvent cette partie du corps désiré.

jeune homme se mit à lire quelques vers : « Natte de jonc neuve de sept pieds, / Lors le temps déjà frais n'est pas encore au froid, / Rideau de cristal rapproche la rivière d'automne... », puis il regarda sa silhouette et la blancheur de ses bras, qu'elle tenait croisés sur sa tête.

« Pourquoi n'appelles-tu pas la servante pour qu'elle te coiffe ? lui demanda-t-il, l'air endormi.

— Avec toi qui es couché ici, si je l'appelais, nous aurions bonne mine !

— Qu'y a-t-il à craindre ?

— A-t-on jamais vu un fils dormir dans le lit de sa mère ? Si les servantes voyaient cette scène, il y aurait de quoi mourir de honte !

— Qu'y a-t-il à craindre ? »

Il laissa éclater un rire, bâilla et se redressa. Il lut encore un vers – « Sous le rideau de cristal, je la regarde se coiffer[1] » –, puis il plongea dans un sommeil confus.

2

Presque au bout de la rue Xiafei, dans la concession française de Shanghai, une petite ruelle part vers le nord. Si on y avance de quelque trente ou cinquante pas, on trouve, au milieu de la végétation verdoyante, une petite maison proprette de

1. Cette poésie ne semble pas, en raison du vocabulaire moderne utilisé et de sa prosodie, faire partie du registre classique. Il s'agit vraisemblablement d'une création de l'auteur pour cette nouvelle.

style occidental à deux étages, qui repose dans l'air serein d'un matin du début de l'automne. Cette demeure est la résidence shanghaienne de M. Lu, gouverneur militaire de la province de K.

Ce gouverneur Lu, homme avisé, avait commencé à servir dans l'armée comme garde du corps à cheval, et ce n'est qu'au prix d'efforts inlassables qu'il était parvenu au poste qu'il occupait aujourd'hui. Sans doute parce qu'il appliquait la discipline de Lao Tseu[1], « se dégager de tout désir[2] », il n'avait pas souhaité gravir d'autres échelons pour devenir président. Il jouissait de revenus confortables qui, chaque année, lui rapportaient entre quatre-vingt et cent mille yuans.

Sa femme était la sœur cadette de son supérieur, le général de brigade, à l'époque où lui-même était colonel. Il venait de perdre récemment sa première épouse et on lui avait alors choisi cette femme, qu'il avait épousée. A peine quelques

1. Ou Laozi. Philosophe taoïste (littéralement, « le Vieux Maître ») contemporain de Confucius qui, selon la légende, aurait vécu de 570 à 490 av. J.-C. Les axes principaux de la philosophie taoïste sont l'harmonisation primordiale des contraires, l'harmonie entre macrocosme et microcosme, et la sagesse, fruit de l'abstinence et de l'ineffable. L'histoire humaine retient trois visages essentiels du taoïsme : ses pratiques philosophique, magique et politique.

2. Evocation du *Tao-tö king* (ou *Daodejing*), le *Livre de la Voie et de la Vertu* : « Je pratique le non-agir : le peuple évolue de lui-même. Je porte amour à la quiétude : de lui-même il se redresse. Je reste sans rien faire : de lui-même il prospère. Je reste sans désir : de lui-même à la simplicité il revient » (*Le Livre de la Voie et de la Vertu*, chap. LVII ; cité et traduit par Anne Cheng in *Histoire de la pensée chinoise*, p. 189).

mois plus tard, elle avait mis au monde un enfant. Mais il y avait eu de telles allées et venues dans la maison du général qu'il ignorait quel était le père de cet enfant. De qui était-ce fils ? Il n'aurait pu le dire. D'autre part, il devait au général, qui s'était révélé pour lui un grand bienfaiteur, d'avoir gravi les échelons militaires. Aussi, quoiqu'il ne fût guère satisfait de cette femme, qui comblait cependant le vide laissé par sa première épouse, le colonel Lu, pour qui honneurs, titres et gloire étaient les premiers principes de vie, n'eut pas le courage d'aller fouiller davantage ce passé douteux. Par négligence, il reconnut donc cet enfant comme son propre fils. Mais, à la vérité, une cruelle maladie l'avait affecté lors d'une mission dans la province du Shandong, et s'il éprouvait encore des désirs physiques, il avait perdu depuis longtemps déjà toute fertilité.

Plus de dix ans de guerre avaient fini par ruiner la Chine et son peuple, cependant que le colonel Lu avait vu sa position s'affermir de jour en jour. Après la révolution[1], il avait écarté quelques supérieurs hiérarchiques et, peu à peu, il était parvenu à la situation qu'il occupait désormais. Parmi toutes les femmes qui étaient à son entière disposition – celles qu'il avait successivement achetées ou enlevées de force, ainsi que les nombreuses épouses ou concubines des fonctionnaires sous ses ordres –, il avait sa favorite en la personne d'une jeune élève de l'école normale qu'il avait

1. Il s'agit ici du renversement de l'empire des Qing, en 1911.

épousée par contrainte et ruse, l'année qui suivit son arrivée dans la province de K.

Elle n'avait en ce temps que dix-neuf ans et, ce jour-là, comme le gouverneur avait voulu visiter l'école où elle était élève, elle avait fait office de déléguée et lui avait remis en hommage un paravent brodé. Le gouverneur, militaire fruste, n'avait alors jamais goûté à la saveur des étudiantes et, quand il la vit, il fit un scandale si violent que, par intimidation, il parvint à faire d'elle un oiseau encagé, après l'avoir à la fois achetée et enlevée de force. De telles choses, dans la Chine éclairée de l'époque, n'avaient rien d'extraordinaire. Cependant cette étudiante, d'éducation traditionnelle, se montra de bout en bout d'une extrême froideur envers le gouverneur Lu. Cet homme avait toujours exigé des femmes qu'elles lui obéissent au doigt et à l'œil, et sa passion pour elle fut d'autant plus attisée qu'elle était la seule femme à lui témoigner sans désemparer de la froideur et de la résistance.

La demeure de la rue Xiafei à Shanghai avait été achetée pour elle par le gouverneur, afin qu'elle puisse l'utiliser lors de ses séjours annuels à Shanghai.

Au cours de l'été de cette année, redoutant que ne surviennent de grands désordres en raison de la gravité de la situation militaire, le gouverneur l'avait fait conduire dans sa résidence shanghaienne pour la mettre sous la protection des étrangers. Il envoyait et recevait lui-même chaque jour des dépêches dans la province de K., préoccupé qu'il était par les affaires de l'Etat. Les gens du peuple lui en étaient très reconnaissants.

Son fils avait maintenant dix-neuf ans. Deux ans plus tôt, le gouverneur avait donné pour mission à deux interprètes de l'accompagner aux Etats-Unis pour qu'il y fasse ses études. Son fils finit par éprouver quelque lassitude à fréquenter quotidiennement des prostituées américaines. Aussi les vacances d'été n'étaient-elles pas arrivées qu'il avait déjà repris le chemin de la Chine, flanqué de ses deux interprètes. Ce fut sa mère putative, cette étudiante dont il rêvait déjà deux ans auparavant, qui, dès son arrivée à Shanghai, l'attendit sur le quai, monta avec lui en voiture et le ramena à la résidence de la rue Xiafei.

3

Au début du séjour en Amérique du fils du gouverneur, sa mère en titre se montrait toujours très hostile envers son père et même pour lui, son fils, elle n'avait eu qu'indifférence. De plus, il habitait encore avec sa mère à l'époque et cela ne pouvait que les éloigner davantage.

La veille de l'arrivée du bateau avait été une très chaude journée de la mi-juin. Elle était en paix chez elle quand elle reçut du bateau un radiotélégramme l'avertissant de l'arrivée du jeune homme à Shanghai le lendemain après-midi. Le jour suivant, dans l'après-midi, elle s'ennuyait ferme et était allée s'allonger un moment après le déjeuner. La chaleur lui fut insupportable ; elle se leva pour changer de vêtements et monta en voiture pour aller accueillir sur le quai son fils putatif. Elle n'avait d'autre motivation que de profiter ainsi du vent frais, tout en témoignant, par cet accueil, sa bienveillance au jeune homme ; il n'y avait pas en elle l'ombre d'une pensée malhonnête.

Lorsque la voiture arriva sur le quai, le bateau était déjà amarré mais, découvrant le désordre de la foule où se mêlaient les porteurs et les voyageurs, elle ne descendit pas du véhicule. Elle donna l'ordre au chauffeur de se frayer un passage jusqu'au bateau pour aller se renseigner. Au bout d'un moment, celui-ci revint accompagné de deux interprètes d'environ trente ans, qui portaient une courte moustache, et d'un jeune gentleman, d'allure distinguée. Ce jeune gentleman s'approcha du véhicule, lui sourit et lui tendit la main. Elle piqua un fard et son cœur se mit à battre violemment. De cette main blanche et glacée se dégagea comme un sortilège qui la troubla vaguement. Quand elle eut repris ses esprits, elle échangea d'abord quelques mots de courtoisie avec les deux interprètes avant d'inviter le jeune homme à prendre place à ses côtés pour rentrer, tandis que les interprètes étaient chargés de s'occuper des bagages.

Quand ils furent rentrés, ils s'assirent un moment au salon du rez-de-chaussée. Regardant le léger sourire qu'il affichait constamment et écoutant la douceur de sa voix, elle se rappela soudain la venue du jeune homme, deux ans plus tôt, et elle ressentit en son cœur une mystérieuse chaleur.

Après qu'elle fut arrivée ici, chez le gouverneur Lu, elle avait été animée par un désir de vengeance et avait connu d'innombrables hommes. Mais, pour elle, tous ces hommes n'étaient que des instruments de plaisir. Aujourd'hui, elle sentait comme un poids sur ses épaules en échangeant, assise en face de lui, quelques banals mots de politesse. En même temps, c'était la première fois qu'un tel sentiment d'euphorie la gagnait.

Maintenant qu'elle était en face de ce jeune homme mince, vêtu à l'occidentale, elle ne comprenait pas pourquoi la paix avait quitté son cœur ; il lui semblait qu'un voile la recouvrait soudain.

Cela faisait déjà plus de deux semaines qu'ils habitaient ensemble dans la résidence de la rue Xiafei. Un jour, après le dîner, ils montèrent en voiture pour aller prendre le frais. Dans la voiture, il serra dans ses mains ses paumes brûlantes et lui raconta d'une voix douce ce qu'il avait vécu en Amérique. Elle se colla à lui, et frappée de stupeur, se mit à regarder fixement la grand-route bien entretenue qui, dans la profondeur des ombres du crépuscule, était bordée d'arbres emplis du chant lassé des cigales. Elle avait le double sentiment d'être plongée dans un demi-sommeil en écoutant les mots intimes du jeune homme, et de se promener, nue, dans un jardin sous la lumière de la lune…

C'était comme un soir du début de l'automne et, dans ce jardin, les plantes et les fleurs qui luttaient pour leur dernier éclat offraient toutes les gammes de verts et de rouges. Au milieu du jardin, une sirène sculptée dans le marbre occupait le centre d'un bassin. De son nombril jaillissait une fraîche fontaine d'eau claire. La lumière de la lune avait envahi tout le jardin et, au loin, le faîte des arbres était caressé de reflets argentés qui contrastaient avec l'épaisseur sombre de la forêt, écrasée de silence et de sévérité. Les eaux qui sourdaient et les légers frissons du bassin réfléchissaient la clarté argentée de la lune qui flottait tout là-haut. Le coussin herbeux qu'elle foulait dans le silence, la végétation alentour, tout était drapé de lumière. Elle n'entendait plus que le son subtil des eaux et le murmure poétique qui semblait couler des lèvres d'un beau jeune homme d'à peine vingt ans, agenouillé à ses pieds, encerclant de ses deux mains ses hanches et ses jambes dénudées.

En l'écoutant parler, ses lèvres tremblèrent un instant. Tournant la tête vers lui qui était assis juste à ses côtés, elle le regarda. Inconsciemment, elle laissa tomber deux filets de larmes. Dans la pénombre de la voiture, il ne put comprendre quels sentiments révélaient ces larmes, et, paisiblement, il continuait à lui parler. Alors elle retira ses mains et se pencha vers l'avant.

« Faites demi-tour, nous rentrons ! » ordonna-t-elle au chauffeur.

A leur retour, quand ils se furent assis à la terrasse du premier étage, elle tentait encore de ne pas laisser deviner son émoi.

Il se faisait tard et, dehors, il n'y avait plus que d'épaisses ombres. Quelques étoiles scintillaient faiblement dans le ciel clair. Soudain, un léger souffle de vent leur apporta le parfum des fleurs du jardin en contrebas et la musique entrecoupée du piano de leurs voisins occidentaux. Assis sur une petite chaise, il fumait, sans dire un mot. Parfois, il lançait des regards vers le ciel et, parfois, c'était elle qu'il regardait furtivement. Elle aussi, sur sa chaise en rotin, levait les yeux vers l'éther obscur. Il s'arrêta un instant, jeta en bas son mégot et, tout en s'approchant d'elle, il lui sourit en lui indiquant les pâles lueurs des étoiles.

« Qu'est-ce ? lui demanda-t-il.

— La Voie lactée !

— Sans doute serons-nous bientôt le sept du septième mois[1] ? »

Arborant un léger sourire, elle se leva. Le regardant profondément, elle rentra à l'intérieur de la maison et lui dit d'une voix douce :

« Les fruits glacés sont bien frais maintenant, qu'attends-tu pour venir les manger[2] ? »

---

1. Allusion directe à la fête du Bouvier et de la Tisserande, fête des amoureux en Chine (voir la note de la page 59).

2. Cette réplique fine et allusive répond à la question sur la fête à venir des amoureux et signale, à mot couvert, l'empressement de la belle.

Il rentra immédiatement derrière elle. Lorsqu'elle fut sous la lampe recouverte de soie verte, elle s'arrêta brusquement et fit volte-face pour le regarder et lui parler. Elle ne bougeait plus. Lui, juste derrière, se jeta soudain vers elle qui s'était retournée, et il baisa ses lèvres. Il tendit les mains et l'étreignit avec force. Elle ferma les yeux, se serra tout contre lui. Ses lèvres n'étaient plus que flamme. Comme si son corps venait d'entrer dans la fournaise, elle perdit toute conscience d'elle-même et, lâchant sa main, éteignit d'un claquement sec la lumière de la lampe électrique.

Publié dans la revue *Création*,
le 19 août 1923.

Achevé d'imprimer
sur les presses de l'imprimerie

Laballery
Imprimeur de livres

Dépôt légal : janvier 2023
N° d'impression : 210162